Tim H. Rose

Das heisst eine Vergnügungs-Reise!

Posse in 5 Akten

Tim H. Rose

Das heisst eine Vergnügungs-Reise!
Posse in 5 Akten

ISBN/EAN: 9783744699594

Hergestellt in Europa, USA, Kanada, Australien, Japan

Cover: Foto ©Andreas Hilbeck / pixelio.de

Weitere Bücher finden Sie auf **www.hansebooks.com**

L. W. Both's
Bühnen-Repertoir des In- und Auslandes.

№ 289.

Das heißt eine Vergnügungs-Reise!

Posse in 5 Akten, nach dem Französischen bearbeitet

von

Th. Rose.

Berlin, 1877.

Druck und Verlag von A. W. Hayn's Erben.
(C. Hayn, Hof-Buchdrucker.)

Preis: 1,50 Mark.

Personen.

Champbourcy, Rentier.
Leonida, seine Schwester.
Blanche, seine Tochter.
Colladan, ein reicher Pächter.
Sylvain, sein Sohn.
Cordenbois, Apotheker.
Felix Renaudier, Notar.
Baucantin, Steuer-Einnehmer.
Cocarel, Agent.
Béchut, Polizei-Sekretair.
Tricoche, Material-Waarenhändler.
Frau Chalamel, Obsthändlerin.
Benjamin, Kellner.
Joseph, Bediente.
Ein Polizist.
Zwei Kellner.

Ort der Handlung: Im ersten Akt ein Landstädtchen; in den folgenden vier Akten: Paris. Zeit: Die Gegenwart.

Liebhaber-Theatern ist die Aufführung dieses Stückes in Gesellschafts-Kreisen gegen Ankauf eines Exemplares gestattet, dagegen die öffentliche Aufführung nur mit ausdrücklicher Erlaubniß des Redacteurs und Herausgebers

Friedrich Adami.
Berlin SW. Puttkamer-Straße 16.

Erster Akt.

(Ein großes, aber kleinstädtisch ausgestattetes Zimmer. Thüren im Hintergrund, rechts und links Tische, Stühle, Lampen u. s. w. — Rechts in der ersten Coulisse ein Kamin, links ein Spieltisch, rechts Stühle, noch mit Bezügen bedeckt, Sekretär, Tisch u. s. w.)

Scene 1.

Champbourcy. Colladan. Cordenbois. Felix Renaudier. Baucantin. Leonida. Blanche.

(Beim Aufgehen des Vorhanges sitzen Champbourcy, Colladan, Cordenbois und Felix links um einen Tisch; sie spielen Karten. Blanche und Leonida sitzen rechts am Tisch, welcher ebenso, wie der Spieltisch, durch Lampen erhellt ist. Baucantin sitzt in der Mitte der Bühne und liest in einer Zeitung.)

Blanche (zu Leonida). Liebe Tante, spielst Du denn heute Abend nicht Dein Parthiechen?

Leonida. Ich warte nur, bis die Viertelstunde um ist.

Felix (zu Leonida). Und ich fortgehe; in fünf Minuten räume ich Ihnen den Platz.

Baucantin (auf die Zeitung deutend). Eine sonderbare Anzeige das!

Alle Andern (neugierig). Welche Anzeige denn?

Baucantin (lesend). „Eine Jungfrau von antiker Schönheit, bei der die Majestät die Grazie nicht ausschließt, mit 5000 Francs Renten in Eisenbahnpapieren, wünscht sich mit einem ehrenwerthen Mann zu vereinen, gleichviel ob Wittwer oder Junggeselle. Erwünscht: feste Gesundheit, heiterer Charakter, und nicht zu jung. Auf Vermögen wird nicht gesehen. Auch würde man einwilligen, in eine kleine, aber hübsch gelegene Stadt zu ziehen. Genauere Auskunft ertheilt Herr X., rue Joubert 55. Frankirt."

Champbourcy. Diese Anzeige kenne ich. Seit drei Jahren lese ich sie schon in meiner Zeitung. (Zu den Mitspielenden.) Ich passe. (Bei Seite.) Ach, dieses Zahnweh. (Hält sich die Backe.)

Felix. Ich gewinne.

Collaban. Wieviel?

Felix. Zehn Centimes.

Collaban. Schrecklich!

Baucantin. Nein, wie eine Dame so etwas einsetzen kann! Ist das nicht unverschämt?

Leonida. Bedenken Sie doch, wie oft schmachtet so ein Mädchen einsam in einem Winkel der Provinz, während vielleicht in einem andern Orte ahnungslos das Wesen athmet, das des Mädchens Glück schaffen könnte. Die Anzeige nähert sie einander.

Cordenbois. Wie oft schon sind gute Ehen auf diesem nicht mehr ungewöhnlichen Wege geschlossen worden. Ich als Junggeselle gebe stets bei solchen Angeboten meinen Gedanken Audienz.

Collaban. Ach was! Wenn man sich verheirathen will, so besucht man einander. Wie ich um Madame Collaban, meine Selige, anhielt, da habe ich sie auch besucht, und damit basta.

Champbourcy. Nun wollen wir aber weiter spielen. Wir verlieren sonst unsere schöne Zeit.

Leonida (steht auf). Ein Viertel auf Zehn; jetzt komm' ich an die Reihe.

Cordenbois (zu Leonida). Lassen Sie mich wenigstens diesen Stich zu Ende bringen.

Felix (bietet ihr schnell seinen Platz an). Mein Fräulein, ich bitte sehr! (Leonida setzt sich, Blanche nimmt den Platz der Tante, Felix den von Blanche ein.)

Cordenbois. Sie wollen immer mitspielen. Nein, solche Spielsucht.

Leonida (zornig). Herr Cordenbois, ich nehme Ihnen ja nicht den Platz weg! Seien Sie nicht unartig.

Cordenbois. Mein Fräulein!

Champbourcy. Nun bitte ich aber um Ruhe! Sie müssen sich ewig streiten und sind doch Gevattersleute.

Leonida. Ach was!

Champbourcy. Nun, habt Ihr etwa nicht des Glöckners Jungen über die Taufe gehalten?

Colladan (zu Leonida). Und Herr Cordenbois verehrte Ihnen ein Paar wunderschöne Ohrringe.

Cordenbois (lebhaft). Sprechen wir nicht mehr davon — ich gebe jetzt. (Er giebt Karten.)

Blanche (zu Felix). Nun werden Sie sich ein Viertelstündchen langweilen.

Felix (leise). Ach, Fräulein Blanche, die schönsten Viertelstunden meines Lebens sind die hier mit Ihnen zusammen.

Champbourcy. Ich habe Caro.

Leonida. Ich passe.

Colladan. Ich auch.

Cordenbois. Caro à tout.

Champbourcy. Ich gewinne.

Cordenbois. Wie viel haben Sie?

Champbourcy. Drei Aß.

Cordenbois. Dann passe ich auch.

Champbourcy. Was?

Cordenbois. Ich frage, wie viel Geld Sie vor sich liegen haben, und Sie antworten drei Aß, da muß ich wohl passen. (Alle lachen.)

Champbourcy. Ich finde das gar nicht lächerlich.

Leonida. Blanche, hole die Sparbüchse.

Colladan. Sie verrathen sich viel zu schnell. Wenn ich drei Aß habe, so beiße ich die Lippen aufeinander, ich halte den Mund und das Spiel.

Leonida. Nun, lassen Sie's gut sein.

Cordenbois. Wir wollen die drei Aß begießen.

Blanche (steht auf, bringt eine Sparbüchse vom Tischchen und reicht sie jedem Spieler). Bitte um einen Sou.

Colladan (thut einen Sou in die Büchse). Dies Spiel kann Einen ruiniren.

Blanche (schüttelt die Büchse und stellt sie wieder an ihren Platz). Sie ist schon hübsch schwer.

Felix. Außerdem die drei andern Büchsen voll geladen.

Colladan. Seit einem Jahr sperren wir das Geld ein.

Champbourcy. Und doch hatte ich schon den glücklichen Einfall —

Cordenbois. Bitte, es war meine Idee.

Champbourcy (steht auf). Bitte um Verzeihung, Herr Apotheker, Sie schlugen uns allerdings vor, eine Sparbüchse einzurichten, das heißt, Sie bürdeten uns auf, für jedes Aß einen Sou einzulegen.

Cordenbois. Richtig. Also?

Champbourcy. Ja, aber Sie stellten den Antrag, daß die Sparbüchse jeden Sonnabend geleert und der Inhalt verjubelt würde in Glühwein —

Colladan. Auch ich unterstützte diesen motivirten Antrag.

Champbourcy. Ja, aber dann wäre mein Haus so zu sagen zum Wirthshaus geworden.

Cordenbois. Erlauben Sie —

Leonida. Und dann wäre es ungerecht. Die Damen trinken keine Spirituosen, folglich wären wir dabei zu kurz gekommen, wie gewöhnlich.

Champbourcy. Deshalb that ich Einspruch; ich schlug Ihnen dagegen vor, den Inhalt der Sparbüchse ein volles Jahr anwachsen zu lassen, um nachher über eine beträchtliche Summe verfügen zu können. Denken Sie sich, wir besäßen 200 Francs.

Alle Andern (ungläubig). Unmöglich!

Champbourcy. Das können wir bald erfahren. Um halb Zehn Uhr schreiten wir zur Untersuchung. Aber gesetzt, wir besäßen 200 Francs —

Colladan. Welch ein Festmahl wird das werden.

Champbourcy. Unser Horizont erweitert sich. Ja, wir können ein Fest geben, unserer würdig; es muß aber in die Fastenzeit fallen.

Leonida. Nun wollen wir aber weiter spielen!

Champbourcy. Nur noch ein Wort, ein Wort des Bedauerns, daß Herr Baucantin, unser eifriger Zeitungsleser —

Baucantin (legt seine Zeitung hin). Ich?

Champbourcy. Nicht Theilnehmer an unserer Spielparthie und in Folge dessen auch nicht Genosse des Glücks, das wir der Laune der blinden Fortuna verdanken.

Baucantin. Das Spiel ist unvereinbar mit den öffentlichen Aemtern.

Felix. Ich bitte sehr, ich bin Advokat, doch hindert mich das etwa, ein Spielchen zu machen?

Blanche. Und Papa ist Kommandant der Feuerwehr!

Baucantin. Als Obmann bei der Spritze ist Ihr Herr Vater eigentlich kein Beamter.

Champbourcy (steht auf). Wie! Was wäre ich denn sonst?

Hoho! Ich glaube für mein Land genug gethan zu haben, um meines Titels wegen nicht als Stichblatt zu dienen.

Baucantin. Aber, Freund —

Champbourcy (schneidet ihm das Wort ab). Es scheint, man hat sehr schnell vergessen, daß unsere kleine Stadt eine große Spritze ihr eigen nennt. Und durch wen? Durch mich. Undankbarer!

Colladan. Schade um Ihre schöne Spritze. Sie rostet ja ein — aus Mangel an Feuersbrunst.

Champbourcy. Kann ich dafür, daß es nicht brennt? Ich kann die Stadt doch nicht an allen vier Ecken anzünden.

Leonida (schlägt zornig auf den Tisch). Spielen wir nun weiter oder nicht?

Champbourcy (setzt sich nieder). Ich brenne ja darauf.

Leonida. Ich bin daran.

Colladan (bei Seite). Ich wette, sie hat sehr gute Karten. (Laut.) Ich passe.

Cordenbois (zu Champbourcy). Ihre Lampe wird dunkel.

Champbourcy (steht auf). Der Docht kohlt; bitte, halten Sie die Glocke. (Er giebt diese Cordenbois, der gleichfalls aufsteht. Den Cylinder giebt er Colladan, der sich ebenfalls erhebt; er macht den Docht zurecht.) Ja, ja, der Docht kohlt. (Er nimmt Beiden Glocke und Cylinder ab und steckt sie auf die Lampe.) So! Besten Dank! (Alle Drei setzen sich.)

Leonida. Sind wir nun so weit? Ich spiele aus.

Colladan. Ich passe.

Cordenbois. Ich auch.

Champbourcy. Auch ich.

Leonida (schnell). Vier Sous, vier Sous gewonnen.

Champbourcy. Wir passen Alle.

Leonida. Mir sehr angenehm. Ich habe 40 in der Hand. (Betrachtet die von den Anderen hingeworfenen Karten.) Wie, Herr Colladan, Sie passen, und haben 21 und ein Aß!

Colladan. Ich hätte ja doch verloren.

Leonida. Jetzt gebe ich. (Sie giebt Karten.)

Colladan. Caro à tout.

Cordenbois. Die Lampe blakt.

Champbourcy (steht auf). Das ist der Docht. (Das nämliche Spiel wie oben.) Bitte, nehmen Sie die Glocke, Sie den Cylinder.

Colladan (bei Seite). Wie der Einen foltert mit seiner Lampe. Da ziehe ich ein Talglicht vor.

Champbourcy (bei der Lampe beschäftigt). Der Docht hat gekohlt. (Nimmt Glocke und Cylinder und steckt sie auf die Lampe.) Danke! (Alle Drei setzen sich.)

Cordenbois. Nun aber ernsthaft gespielt. (Ein Diener tritt im Hintergrund auf, zwei Briefe in der Hand.)

Blanche (steht auf). Ach, die Post aus Paris. (Sie nimmt die beiden Briefe. Der Diener geht ab.) Ein Brief für Dich, liebe Tante, aber unfrankirt.

Leonida (erstaunt — steht auf). Für mich?

Baucantin (der bei den letzten Worten in die Nähe des Kamins gekommen). Solche Briefe nehme ich nie an.

Blanche. Einer für Herrn Colladan. (Sie geht wieder auf ihren Platz.)

Leonida (bei Seite, nachdem sie einen Blick auf die Adresse geworfen). Diese Handschrift. O, Himmel! (Sie steckt schnell den Brief ein und setzt sich.)

Champbourcy. Wer schreibt denn an Dich, liebe Schwester?

Leonida (verlegen). Niemand — das heißt — meine Putzmacherin. — Wovon sprachen wir doch?

Colladan (hat die Brille aufgesetzt und betrachtet seinen Brief). Von meinem Sohn Sylvain, der in Grignon auf der Schule ist. Er soll Landwirth werden; er freilich wäre lieber Photograph geworden, da habe ich aber rundweg erklärt: Du wirst Pächter, weil ein Pächter —

Champbourcy. Ja, ja, wir wissen schon. Wollen wir nun weiter spielen?

Colladan. Erst muß ich meinen Brief lesen.

Champbourcy. Ach was!

Cordenbois. Unerträglich!

Colladan (liest). „Lieber Papa, ich schreibe Dir nur, um Dir mitzutheilen, daß sie hier sehr zufrieden mit mir sind. Ich bin versetzt, nämlich in den Stall."

Champbourcy. In den Stall. Das sind Familienangelegenheiten. Lesen Sie im Stillen.

Colladan. Ich muß laut lesen, nicht für Sie, ich verstehe sonst nicht, was ich lese. (Er fährt fort laut zu lesen.) „In den Stall. Aber ich habe es schlimm getroffen, ich habe eine kranke Kuh."

Cordenbois (bei Seite). Da spiel' der Kuckuk Karten. (Er steht auf und geht im Hintergrunde auf und ab.)

Colladan (liest). „Sie trinkt nicht, ißt nicht, hustet dabei wie eine Schwindsüchtige." (Spricht ganz traurig.) Armes Vieh — hat sich gewiß erkältet. (Liest.) „Man glaubt, sie wird sterben." (Sehr bewegt, giebt den Brief an Champbourcy.) Lesen Sie weiter, mir ist es zu schmerzlich.

Champbourcy (nimmt den Brief). Trösten Sie sich. (Er liest.) „Ich befinde mich wohl." (Spricht, um ihn zu beruhigen.) Hören Sie, ihm geht es gut.

Colladan. Aber die arme Kuh.

Champbourcy (liest). „Wir arbeiten so viel wie möglich, um das Getreide einzufahren, es regnet aber zu viel."

Cordenbois. Champbourcy, lesen Sie schneller, wir lauern.

Champbourcy. Bin gleich zu Ende. (Liest.) „Mit aller Achtung verbleibe ich Dein Dich hochschätzender Sohn, und bitte höflichst, mir mein Monatsgeld sofort zu schicken."

Alle Andern. Ach so!

Leonida. Sind wir nun so weit?

Blanche. Papa, die Uhr ist halb Zehn.

Cordenbois (kommt wieder auf seinen Platz). Die letzte Tour.

Champbourcy. Bin doch neugierig, wer den ganzen Einsatz gewinnt, schnell. (Zu Colladan.) Sie spielen aus.

Leonida. Ich passe.

Colladan. Ich auch.

Cordenbois. Ich spiele aus. — Fünf Sous.

Champbourcy. Zehn Sous dagegen.

Cordenbois. Sieben.

Colladan. Da wird's noch blutig hergehen.

Champbourcy. Acht.

Cordenbois. Neun.

Champbourcy. Mein Letztes — 15 Sous.

Cordenbois. 15 dagegen.

Alle Andern. Ach!

(Blanche, Felix, Baucantin nähern sich schnell dem Spieltisch.)

Baucantin. Da muß ich zusehen.

Felix. Das ist der schönste Treffer im ganzen Jahr.

Champbourcy (legt seine Karten hin). Ich habe drei Aß.

Cordenbois (ebenso). Drei Achten und Caro.

Alle. Oh!

Champbourcy. Verloren. (Steht wüthend auf.) Geschieht mir recht. Verdammt die Karte, die ich noch anrühre. Au! Jetzt reißt es wieder in dem Zahn.

Blanche (welche die Sparbüchse geholt). Bitte, Alle bezahlen!

Collaban (bei Seite, faßt in seine Tasche). Das schöne Geld. (Giebt Blanche Geld.) Da!

Blanche. Das ist ja ein Ausländer — ein Knopf. (Leise.) Falschmünzer.

Collaban (bittet sie pantomimisch, zu schweigen). Da ist richtiges Geld.

Leonida (hat die Karten und die Marken in den Kasten gelegt). Ich trage den Kasten an Ort und Stelle.

Champbourcy. Die Karten verbrenne lieber gleich. Mit diesen spiel' ich nicht mehr.

Collaban. Aber die sind doch noch wie neu, gar nicht beschmutzt.

Leonida (bei Seite, zieht den Brief aus der Tasche). Oh, dieser Brief, er brennt mir in der Hand, ich muß ihn endlich lesen. (Rechts ab.)

Scene 2.

Die Vorigen, (ohne) Leonida.

Champbourcy. Nun meine Herren, jetzt zur Entladung unserer Sparbüchse.

Cordenbois. Schießen Sie los.

Champbourcy. Blanche, gieb mir Deinen Arbeitskorb.

Blanche (schüttet den Inhalt auf das Tischchen und bringt den Korb, sowie einen kleinen Hammer). Hier, Papa.

Champbourcy. Gut, mein Kind, nun geh' und hole die andern drei Sparbüchsen.

Felix (zu Blanche). Da muß ich tragen helfen; es wird für Sie allein zu schwer. (Rechts ab mit Blanche.)

Champbourcy (nimmt den Hammer). Ich weiß nur ein Mittel, die Büchse zu öffnen, man muß sie aufschlagen.

Cordenbois. Nur zu.

Collaban. Es klingt lächerlich — aber ich bin so bewegt.

Champbourcy (nimmt den Hammer, hält aber plötzlich inne). Ach, habe ich wieder Zahnschmerz. (Er legt Korb und Hammer auf den Spieltisch.)

Cordenbois. Soll ich Ihnen ein Mittel sagen? Nehmen Sie einen lebenden Maulwurf — einen jungen, einen vier bis fünf Monate alten — (Alle drei sind aufgestanden und stehen im Vordergrund.)

Champbourcy. Aber woran das Alter erkennen?

Collaban. Ja, das weiß ich auch nicht.

Cordenbois. Oder nehmen Sie doch heute Abend beim Schlafen=

gehen ganz einfach einen Mund voll Milch; die müssen Sie aber die ganze Nacht im Mund behalten, ohne sie 'runter zu schlucken.

Champbourcy. Doch wenn ich dabei einschlafe.

Cordenbois. Das können Sie, nur nicht 'runterschlucken.

Baucantin (steht am Kamin). Weshalb fragen Sie nicht einen Arzt?

Champbourcy. Hier haben wir doch keinen. Hier kurirt der Hufschmied.

Collaban. Da ritt neulich ein Wunderdoktor auf einem Esel hier durch, der würde eine Schlinge um Ihren Zahn binden, das Ende des Fadens am Hals des Esels befestigen und dann eine Pistole losschießen. Knall! Vor Schreck geht der Esel durch und Ihr Zahnschmerz mit.

Cordenbois. Eine eigenthümliche Kur.

Collaban. Er versicherte, dies praktische Mittel habe schon vielen Honoratioren geholfen. (Alle Drei nähern sich wieder dem Spieltisch. Baucantin steht etwas zur Seite.)

Champbourcy (nimmt Büchse und Hammer). Aufgepaßt! Eins — zwei — drei. (Er bricht die Sparbüchse auf.)

Collaban. Oh, das viele Geld.

Champbourcy. Wir wollen uns Alle setzen. Baucantin!

Baucantin (tritt näher). Da bin ich. (Sie stehen um den Tisch und fangen an zu zählen.)

Champbourcy. Wir wollen immer 20 Sous zusammenlegen.

Cordenbois (zählt). 4. 5. 4. 5.

Collaban. 6. 7. 8. 6. 7. 8.

Champbourcy. 9. 10. Nein 3. 4. Freund Collaban, Sie verwirren mich!

Collaban. Ich sage ja kein Wort zu Ihnen.

Champbourcy. Sie zählen aber 7. 8. Da muß ich doch 9. 10. zählen. Ach, nun weiß ich gar nicht mehr, wie viel ich hatte.

Baucantin. Ich auch nicht.

Cordenbois. Also noch 'mal anfangen. (Zählt.) 4. 5.

Collaban. 6. 7. 8.

Champbourcy. 9. 10. Wir verrechnen uns schon wieder. Das Beste, Jeder zählt für sich. (Bemerkt Blanche und Felix, die von rechts auftreten, sie bringen drei andere Sparbüchsen.) Hier, Collaban, diese Büchse nehmen Sie und gehen damit in mein Zimmer.

Cordenbois (nimmt eine von den Sparbüchsen, Baucantin die andere). Herr Baucantin und ich, wir gehen in Ihr Cabinet.

Baucantin. Und das den Augenblick, denn es ist schon spät. (Collaban geht links ab, Cordenbois, Baucantin rechts ab mit den Büchsen.)

Scene 3.

Champbourcy. Blanche. Felix.

Champbourcy (am Spieltisch — zählend). 2. 4. 6.

Blanche (zu Felix). Papa ist allein. Benutzen Sie die Zeit, sagen Sie ihm, was Sie auf dem Herzen haben.

Felix. Wie? Heute Abend noch?

Blanche. Haben Sie nicht schon drei Abende damit gezaudert?

Felix. Weil Papa seit drei Tagen leidend ist.

Blanche. Heut ist er aber ganz wohl.

Champbourcy (freudig). Wieder vier Francs.

Blanche. Sehen Sie, wie er lacht, er ist gut gelaunt. Nur Muth! Ich gehe einstweilen zur Tante. (Ab durch den Hintergrund.)

Scene 4.

Champbourcy. Felix.

Felix (bei Seite). Courage! (Laut.) Herr Champbourcy.

Champbourcy (zählt, ohne auf ihn zu hören). 12. 13.

Felix. Meine Stimme bebt, ich bin so in Verlegenheit um Worte —

Champbourcy. Reden Sie mit mir? So, nun weiß ich wieder nicht, wie weit ich war.

Felix. 12. 13.

Champbourcy. Richtig. 14. 15.

Felix. Verzeihen Sie, aber es muß heraus —

Champbourcy. Helfen Sie mir, dann geht's schneller.

Felix (stellt sich Champbourcy gegenüber an den Tisch). Sehr gern.

Champbourcy. Immer 20 zusammen. (Zählt.) 17. 18.

Felix. Herr Champbourcy, seit fünf Viertel Jahren habe ich das Glück, Fräulein Blanche zu kennen.

Champbourcy. Zählen Sie doch.

Felix (nimmt Geld und zählt). 3. 4. 5. Und wer könnte da unempfindlich bleiben? Ich nicht.

Champbourcy. 1. 2.

Felix. 6. 7. Gegen so viel Liebenswürdigkeit.

Champbourcy. 3. 4.

Felix. Daher wollte ich heute — 8. 9 — ja heute — 10. 11.

Champbourcy. 7. 8.

Felix. So fasse ich endlich das Herz zu der gehorsamsten Bitte — 12. 13. 14. — um die Hand des Fräuleins — Ihrer Tochter —

Champbourcy. Halt, da ist ein Knopf, schon der zweite —

Felix (bei Seite). Er hat mich nicht gehört. (Laut.) Ich habe die Ehre, Sie um die Hand Ihrer liebenswürdigen Tochter zu bitten.

Champbourcy. Warten Sie. 17. 18. 19. 20. So, nun habe ich 7 Francs zusammen. (Fängt wieder an zu zählen.) Mein lieber Herr Renaudier — 3. 4. — ich weiß die Ehre zu schätzen, die Sie mir erweisen wollen.

Felix. Herr Champbourcy — darf ich hoffen?

Champbourcy. Wie weit war ich?

Felix. 3. 4.

Champbourcy. 5. 6. Wie gesagt, Ihr Antrag ehrt mich — 7. 8. 9 — ich werde mir's überlegen. Wetter, schon wieder ein Knopf. Welcher Bösewicht hat nur das falsche Geld hineingesteckt?

Felix. Ich wahrhaftig nicht, auf mein Wort.

Champbourcy. Die Ehe junger Leute ist wie ein Knopf an einem Ueberzieher — schließt süße Freuden in sich, aber auch ernste Pflichten und Sorgen.

Felix. Wohl weiß ich das. Sie können glauben, daß mein ganzes Dasein —

Champbourcy (zeigt auf das Geld). Nun, wie viel haben wir denn?

Felix (setzt sich). Rechnen Sie zuerst mein Studium —

Champbourcy. Hier 5. und da 3. — macht —

Felix. 45,000.

Champbourcy. Was? 45,000?

Felix. Schulden habe ich nicht.

Champbourcy. Junger Freund, Sie machen mich irre. Ich rede von dem Geld da, und Sie sprechen von Ihrem Vermögen. So geht es nicht. (Wirft alles Geld in den Korb.) Ich werde drin im Eßsaal noch einmal zählen. (Er steht auf.)

Felix. Sagen Sie mir wenigstens, geben Sie mir Hoffnung?

Champbourcy (nimmt den Korb und wendet sich nach rechts). Gewiß, wenn meine Tochter Sie liebt. Aber wenn ich nur erst wüßte, wer die Knöpfe da hineingethan hat. (Rechts ab.)

Scene 5.

Felix. Leonida.

Felix. Ja, gewiß, sie liebt mich, wenn sie es mir auch nicht geradezu gesagt. (Bemerkt Leonida, die durch den Hintergrund auftritt.) Ach, die Tante. (Grüßt.) Mein Fräulein —

Leonida (geht in heftiger Bewegung auf und nieder). Nein, ich hatte mich nicht getäuscht; der Brief war von ihm.

Felix (ihr folgend). Ich hatte soeben eine Unterredung mit Ihrem Herrn Bruder.

Leonida (wie oben, ohne ihn zu sehen). Bei den ersten Zeilen fiel ich fast in Ohnmacht.

Felix (bei Seite). Sie hört mich nicht an. Da geh' ich lieber zu Blanche, die wird mir schon zuhören. (Ab durch den Hintergrund.)

Leonida (allein). Der Mann wird dringend. Er ladet mich ein, nach Paris zu kommen — morgen Abend 8 Uhr. Ob ich zu diesem Stelldichein gehe? Es handelt sich vielleicht um mein Glück. Immerhin will so ein Schritt doch bedacht sein. Mutter, erleuchte Du mich! (Mit verändertem Tone.) Ja, ich werde gehen, aber wie das anstellen? Wie diese Reise zurüsten, ohne Argwohn zu erregen? Und dann kann ich doch auch nicht allein reisen. Wie aber meinen Bruder dazu bewegen, mich zu begleiten? Ich müßte ihm Alles gestehen. (Mit Nachdruck.) O niemals, niemals! (Sieht Blanche eintreten.) O, meine Nichte, jetzt gilt's Gelassenheit!

Scene 6.

Leonida. Blanche.

Blanche (tritt ein). Beste Tante, wenn Du wüßtest, wie glücklich ich bin!

Leonida. In der That, Du —

Blanche. Herr Felix hat soeben bei Papa um meine Hand angehalten, und Papa gab ihm Hoffnung.

Leonida. Was? Du liebst Herrn Felix?

Blanche. Ja, von Herzen.

Leonida. Sonderbar!

Blanche. Wieso?

Leonida. Blond und Notar, wie paßt das?

Blanche (erstaunt). Warum denn nicht?

Leonida. Zwar Du bist ebenfalls blond. Nun, da werdet Ihr ein recht stilles Leben führen, frei von Stürmen, wie zwei Lämmer, die auf derselben Weide grasen.

Blanche (gekränkt). Was das für ein Gleichniß ist! Herr Felix ist ein liebenswürdiger, geistreicher Mann. Er hatte soeben einen entzückenden Gedanken.

Leonida. Er?

Blanche. Ja, er schlug vor, für das Geld in der Sparbüchse einen Ball zu arrangiren.

Leonida. Einen Ball? (Bei Seite.) Ein blonder Einfall.

Blanche. Morgen, zur Fastnacht.

Leonida. Und gerade morgen. (Bei Seite.) Und mein Rendez-vous in Paris?

Blanche. Nun, was meinst Du dazu?

Leonida. Je nun, die Idee eines Balles ist an sich graziös, aber unmöglich ausführbar von heut bis morgen. Bedenke die Toi-lette und so weiter. Da möchte ich einen andern Vorschlag machen, einen, der viel leichter in's Werk zu setzen.

Blanche. Der wäre?

Leonida. Eine Reise nach Paris. Kurz vor der Hochzeit kann Dir das um so mehr nützen. Man besieht dort die Schaufenster, tritt am Arm des Zukünftigen in die Läden, man flüstert: o, der schöne Shawl! das prächtige Armband! Himmel, die herrlichen Spitzen! Und ohne daß es den Anschein hat, wählt man sich sein Brautkörbchen.

Blanche. Sehr verlockend, in der That.

Leonida. Da Ihr aber einmal den Ball vorzieht, so —

Blanche. Nein, ich stimme auch für die Reise. Ja, ich will nach Paris.

Leonida. Du willst, Du willst! Das hängt doch von Deinem Papa ab.

Blanche. Da kommt er, laß mich nur machen.

Scene 7.
Die Vorigen. Champbourcy.

Champbourcy (tritt von rechts auf, Korb und Papier in der Hand). So, nun ist's richtig gezählt, hat das aber Schweiß gekostet!

Blanche. Wie roth Du bist, Väterchen!

Champbourcy. Vom Zahnschmerz; ich hatte wieder einen bösen Ruck.

Blanche. Armer Papa, Deine Backe ist auch etwas geschwollen. Ach, ich an Deiner Stelle wüßte schon, was ich thäte.

Champbourcy. Vielleicht einen jungen lebenden Maulwurf auflegen? Ich danke dafür.

Blanche. Nein, Papachen, ich führe nach Paris und befragte einen Zahnarzt.

Leonida. Ja, da hat Blanche Recht — gleich morgen führ' ich nach Paris. (Bei Seite.) Alles Mögliche von einer Blondine.

Champbourcy. Was? Reisen eines hohlen Zahnes wegen?

Blanche. Es sind ja nur drei kleine Stunden auf der Eisenbahn.

Champbourcy. Bedenke diese Ausgabe.

Blanche. Vielleicht fände sich ein Mittel, diese Reise zu machen, ohne daß sie uns einen Pfennig kostet.

Champbourcy. Wie denn das?

Blanche (auf den Korb weisend). Ist da nicht Geld, viel Geld?

Champbourcy (schreit auf). Kind, Du bringst mich da auf eine Idee. Wie, wenn wir das Eingeweide der Sparbüchsen in Paris verzehrten? (Er stellt den Korb auf den Spieltisch und setzt sich auf seinen Platz.)

Leonida. Kostbarer Gedanke! Aber die Andern, ob die dafür stimmen?

Champbourcy (sich vor die Brust schlagend). Ich bin dafür, das genügt.

Blanche. Du besuchst dort einen Zahnarzt; wir besehen uns inzwischen die Schaufenster, die Modeläden.

Leonida. Ich eile zu meinem Reud —

Champbourcy. Zu wem?

Leonida. Zu einer alten Jugendfreundin.

Blanche. Aber wenn nun die Andern Dich überstimmen?

Champbourcy. O, ich werde es schon geschickt anfangen. (Man hört außen Geräusch.) Da kommen sie; ich nehme sie gleich vor.

Scene 8.

Die Vorigen. Colladan. Cordenbois. Baucantin. (Später) **Felix.** (Jeder trägt einen Korb.)

Baucantin (ernst). So, meine Herrschaften, hier der Inhalt der mir anvertrauten Kasse. Die Totalsumme beträgt 2621 Sous; in Francs und Centimes umgewechselt 131 Francs 5 Centimes. Ich muß gewissenhaft hinzufügen, daß sich unter den Münzen leider mehrere Knöpfe befanden.

Cordenbois. Bei mir auch.

Champbourcy. Bei mir desgleichen.

Blanche (Colladan ansehend). Knöpfe?

Colladan (schnell). Da hat sich gewiß Jemand vergriffen. Leicht möglich.

Cordenbois (dem Jeder seine Berechnung überreicht, giebt an Baucantin die Papiere zurück). Mein Facit lautet: 128 Francs 5 Centimes und 4 Knöpfe.

Champbourcy. Das meine: 105 Francs 5 Centimes und 9 Knöpfe.

Colladan. Ich summire: 127 Francs 3 Sous und 5 Centimes.

Champbourcy. Und keinen Knopf?

Colladan. Nicht einen. (Er geht auf und ab.)

Champbourcy (bei Seite, mißtrauisch). Merkwürdig!

Cordenbois (betrachtet Colladan, bei Seite). Die Sache scheint mir nicht recht klar.

Baucantin (der die vier Papiere genommen). So. Zählen wir die Papiere zusammen, so giebt das Summa Summarum —

Alle Andern. Wie viel?

Baucantin. Einen Augenblick — macht 491 Francs 20 Centimes.

Alle Andern. Wer hätte das gedacht!

Baucantin. Dazu noch 18 Knöpfe.

Champbourcy. Auch eine hübsche Summe.

Colladan. Ich muß gestehen, ich rechnete eigentlich auf mehr.

Cordenbois. Allerdings, wenn Knöpfe baar Geld wären —

Champbourcy. Meine Herren, der Augenblick ist da, nunmehr nach reiflicher Ueberlegung zu bestimmen, wie diese Summe zu verschwenden (sich schnell verbessernd) zu verwenden.

Alle Andern. Ja, ja. Abstimmen!

Champbourcy (nimmt das Tischchen, trägt es in die Mitte der Bühne; Baucantin stellt die Lampe auf den Kamin).

Felix (kommt durch den Hintergrund). Alles mobil?

Champbourcy. Treten Sie näher, Sie müssen ebenfalls Ihre Stimme abgeben. Nehmen Sie Platz, meine Herrschaften. Die Sitzung ist eröffnet. (Alle sitzen.) Ich brauche Ihnen wohl nicht erst Ruhe und parlamentarische Mäßigung anzuempfehlen. Nur erinnern Sie sich, daß die Verschiedenheit der Meinungen die Achtung nicht ausschließt, welche Ehrenmänner einander schuldig sind. (Bei Seite.) Wie mein Zahn weh' thut.

Felix (bei Seite). Wie feierlich der Schwiegervater spricht. (Er setzt sich.)

Champbourcy. Wer wünscht das Wort?

Cordenbois und Colladan (stehen gleichzeitig auf). Ich!

Champbourcy (leise zu Baucantin). Ich verspreche mir viel Heiterkeit von der Sitzung. (Laut.) Verzeihung, wer hat zuerst darum?

Cordenbois und Colladan. Ich!

Champbourcy. Da stellen sich uns gleich Schwierigkeiten entgegen.

Baucantin (zu Champbourcy). In der Regel muß in solchen berathenden Sitzungen der Jüngere zurücktreten.

Champbourcy. Gut. Herr Cordenbois, Sie haben das Wort.

Cordenbois. Bitte sehr! Herr Colladan ist älter als ich.

Colladan. Nicht doch, ich bin der Jüngere; Sie haben den Vorrang.

Cordenbois. Sie irren sich, ich rede nicht zuerst. (Er setzt sich.)

Colladan. Ich ebensowenig. (Setzt sich gleichfalls.)

Champbourcy. Der Tausend, ich spitzte mich schon auf Ihre brillanten Reden, und nun dieser Eigensinn, meine Herren!

Cordenbois (steht auf.) Gut denn, ich will sprechen, aber nicht etwa weil ich der Aeltere, sondern weil ich der Vernünftigere bin.

Baucantin. Sehr gut!

Cordenbois. Meine Herren, ich werde kurz sein —

Champbourcy (sehr artig). Zu unserm größten Bedauern.

Cordenbois (verneigt sich). Meine Herrschaften! Wir sind im Besitz einer unerwartet großen Summe. Mit Recht darf man also etwas Bedeutendes von uns erwarten, so was die Menge in Erstaunen setzt. Ich schlage daher vor, wir schreiben nach Paris, an den vornehmsten Koch der civilisirten Welt: er soll uns eine Truthenne, mit Trüffeln gefüllt, senden.

Alle Andern (murrend). Oh, oh!

Champbourcy (klingelt mit der auf dem Tischchen stehenden Glocke). Ruhe, meine Herrschaften! Sie werden der Reihe nach Ihre Meinung äußern, sei diese auch noch so wunderlich oder delikat.

Cordenbois. Was soll das heißen?

Champbourcy. Redefreiheit — nichts weiter.

Leonida. Ich stimme gegen die Trüffeln, ich kann sie nicht essen.

Blanche. Ich auch nicht.

Champbourcy. Auch mir bekommen sie in der Regel schlecht.

Collaban. Ich esse lieber Ragout von Hammelfleisch mit weißen Rüben.

Cordenbois. Ich bleibe bei Trüffeln.

Champbourcy. Herr Collaban, Sie haben das Wort.

Collaban (steht auf). Hm, hm! Meine Herren, meine Damen! Das Wetter ist wunderschön, der Weg herrlich, also schlage ich vor, wir fahren morgen Alle zusammen zum Jahrmarkt nach —

Alle Andern (murren).

Leonida. Warum nicht gar?

Cordenbois. Ich bleibe bei Trüffeln.

Champbourcy (klingelt). Ruhe! Drei Reden zugleich sind nicht parlamentarisch.

Cordenbois. Meine Meinung ändere ich nicht — niemals!

Collaban. Ich fahre fort. Man sieht dort auf dem Jahrmarkt Buden, Schlangen, Taschenspieler, Kopfabschneider, auch eine dreihundert Pfund schwere Frau, die man sogar anfassen darf; wie gesagt, Alles höchst amüsant.

Felix (steht auf). Erlauben Sie, ich hätte einen andern Vorschlag zu machen.

Blanche (leise und schnell zu Felix). Nichts vom Ball, wir haben einen andern Plan.

Felix. So?

Champbourcy. Herr Renaudier, Sie haben das Wort.

Felix. Ich verzichte. (Er setzt sich.)

Baucantin (steht auf.) Zwar dürfte ich als Unbetheiligter nichts äußern; doch gestatten Sie mir wohl einen Vorschlag, der, hoffe ich, über alle andern Anträge den Sieg davon tragen wird.

Champbourcy. Ich gebe Ihnen das Wort.

Baucantin. Die Tugend, meine Herrschaften, ist die vorleuchtendste Eigenschaft der Frauen; man muß sie also dazu anfeuern. Deshalb schlage ich vor, mit dem Gelde der Sparbüchsen die tugendhafteste Jungfrau unseres Kirchspiels auszustatten.

Alle Andern (murren). Oh, oh!

Cordenbois. Ein Tugendspiegel? Was hab' ich davon? Ich stimme für die Truthenne.

Colladan. Ich für den Jahrmarkt.

Champbourcy (steht auf). Meine Herrschaften!

Alle Andern. Ruhe! Hört, hört!

Champbourcy. Die Sitzung ist in meinem Hause; ich spreche also selbstverständlich zuletzt und appellire an Ihr allseitiges Wohlwollen.

Alle Andern. Sehr gut! Sehr gut! Bravo!

Colladan (bei Seite). Er spricht doch famos.

Champbourcy. Meine Herrschaften! Paris ist das Herz der Welt. (Bei Seite, mit der Hand an der Backe.) Au! Das Zahnweh. (Laut.) Dort ist gleichsam das Rendezvous der Künste, der Industrie und der Amüsements. In Erwägung dieser schwer wiegenden Gründe schlage ich vor, einen Tag in Paris zu verleben.

Leonida und Blanche. Bravo!

Colladan. Erlauben Sie, ich kenne Paris; ein Jüngling noch an Jahren sah ich es auf der Durchreise bei Nacht und bei Laternenschein.

Cordenbois. Eine Reise ist ganz schön, aber doch nichts für den Magen, und es wurde ja ausdrücklich bestimmt, das Spargeld zu verzehren, also scheint mir immer noch die Truthenne mit Trüffeln —

Champbourcy. Können Sie mir als Freund zumuthen, mir an Trüffeln den Magen zu verderben?

Cordenbois (verneigt sich). Ebensowenig, als Sie mich zwingen können, nach Paris zu reisen.

Champbourcy. Die Majorität hat zu entscheiden.

Cordenbois. Der allerdings müssen wir uns fügen.

Felix. Gut, sammeln wir die Stimmen.

Alle Andern. Schluß! Schluß!

(Alle stehen auf, außer Blanche und Leonida.)

Baucantin (stellt das Tischchen vor seinen Platz). Ich bilde den Wahlausschuß.

Champbourcy. Ich bestätige das Comité. Stimmen sammeln. (Er giebt ihm einen Hut. Jeder beschreibt seinen Zettel und wirft ihn in den Hut.)

Blanche. Ich enthalte mich der Wahl.

Leonida (zu Felix). Schreiben Sie Paris.

Felix (stellt sich mit an den Tisch). Gut.

Baucantin. Niemand reclamirt? So ist die Urne geschlossen.

Champbourcy. Oeffnen Sie.

Felix. Ich führe das Wahlprotocoll.

Baucantin (zieht die Zettel aus dem Hut und liest sie mit feierlicher Stimme). Eine Truthenne mit Trüffeln.

Cordenbois. Bravo!

Baucantin. Ruhe. (Liest.) Paris. (Zu Felix.) Sind Sie so weit? (Nimmt einen andern Zettel.) Paris. — Jahrmarkt. — Ultimatum. (Er schüttelt den Hut und liest.) Paris.

Alle Andern. Ah!

Baucantin. Ruhe! (Liest sehr ernst, was Felix auf das Papier geschrieben.) Wahlergebniß der Sparbüchsen. Zahl der Wähler: 5. Absolute Majorität 3 Stimmen.

Colladan (bei Seite). Wie der wieder zu reden weiß!

Baucantin (liest). Drei Stimmen für Paris, eine für die Truthenne, eine für den Jahrmarkt. Paris hat in der Wahlschlacht gesiegt, also auf nach Paris!

Leonida, Felix, Blanche und Champbourcy. Bravo! Bravo!

Cordenbois. Nun, man ißt in Paris auch nicht ganz schlecht.

Colladan. Wir können uns dort die Hallen, die Schlachthäuser ansehen. Außerdem wohnt dort ein Cousin von mir.

Champbourcy. Aber in einem Tage können wir doch nicht 491 Francs 20 Centimes ausgeben. Es steht folglich Jedem das Recht zu, von diesem Gelde speciell für sich etwas einzukaufen.

Colladan. Gut, ich brauche ein Barbiermesser.

Cordenbois (wie durchblitzt). Ha!

Champbourcy. Was?

Cordenbois. Nichts. Ein toller Einfall, aber werth des Versuches. (Bei Seite.) Vielleicht habe ich Glück.

Leonida (bei Seite). Mein Rendezvous gerettet.

Blanche. Papa, die Lampe geht aus.

Champbourcy. Liegt nur am Docht. (Zu Cordenbois.) Bitte, wollen Sie noch einmal die Glocke halten?

Cordenbois. Danke schön; es ist Zeit, nach Hause zu gehen und zu Bett.

Alle (außer Felix und Blanche gehen in den Hintergrund). Ja, nach Hause.

Champbourcy Morgen mit dem ersten Zug, fünf Uhr fünfundzwanzig Minuten. Also recht zeitig aufgestanden; Sie auch, Herr Notar.

Blanche (lachend zu Felix). Wer wird Sie wecken?

Felix (leise). Der Liebesgott (bei Seite) und mein Portier.

Alle. Gute Nacht!

(Champbourcy nimmt die Lampe vom Spieltisch, Leonida die Lampe vom Kamin; sie begleiten die Abgehenden bis zur Thür, dort geht die Lampe in Champbourcys Hand aus.)

Champbourcy. Ich sag's ja, es liegt am Docht. (Außen ein Gepolter, wie wenn Jemand die Treppe hinunter fällt.) Da fällt Einer die Treppe hinunter. (Zur Thür hinausrufend.) Warten Sie, ich leuchte Ihnen. (Nimmt Leonida rasch ihre Lampe aus der Hand; diese erlischt plötzlich.) Nein, solche Dochte!

(Der Vorhang fällt rasch.)

Zweiter Akt.

(Ein Restaurant, sehr elegant eingerichtet. Thüren im Hintergrund, rechts und links Seitenthüren; rechts und links an der zweiten Coulisse Tische, Stühle. Im Hintergrunde eine Wanduhr.)

Scene 1.

Benjamin. (Später) **Sylvain.**

Benjamin (aufräumend). Acht Uhr — heut bin ich flink gewesen; die Frühstücksstunde ist erst um elf Uhr.

Sylvain (tritt schüchtern rechts durch den Hintergrund auf und besieht die Bilder). Ach, hier ist es zu schön.

Benjamin. Der Herr wünschen?

Sylvain. Eine Auskunft. Ich habe nämlich gestern im Casino eine interessante Bekanntschaft gemacht. Sie heißt Miranda, die Empfindsame.

Benjamin. O, ich kenne das.

Sylvain. So? Sie lud mich hierher zum Frühstück.

Benjamin. Um acht Uhr Morgens?

Sylvain. Nein, erst um 10½ Uhr. Aber vorher möchte ich doch wissen, ob man auch ein besonderes Zimmer haben kann, für 17 Francs. Mehr habe ich augenblicklich nicht, und wenn das nicht reicht, so verzichte ich lieber.

Benjamin. Es kommt darauf an, was Sie verlangen.

Sylvain (geht näher). Bitte, nennen Sie mir einige weniger theuren Gerichte.....

Benjamin (bei Seite). Der Herr ist zu drollig. (Laut.) Zum Beispiel: Boeuf en vinaigrette.

Sylvain. Ausgezeichnet.

Benjamin. Beafsteakes — ächt englisch. Hammelrücken — ächt schottisch.

Sylvain. Dann möcht' ich aber auch etwas Süßes haben — Eingemachtes.

Benjamin. Vielleicht gebackene Pflaumen?

Sylvain. Nein, das wäre zu gewöhnlich.

Benjamin. Da fällt mir ein, von gestern ist noch eine Erd=beerspeise da.

Sylvain. Doch nicht schon angeschnitten?

Benjamin. Wie können Sie glauben?

Sylvain. Gut, die nehme ich. (Zieht seine Cigarrentasche.) Eine Cigarre gefällig?

Benjamin. Sehr gern. (Er nimmt eine Cigarre, sie betrachtend.) Aber das sind ja Cigarren für einen Sou. Danke sehr. (Er giebt ihm die Cigarre zurück.)

Sylvain (stellt sich links an den Tisch bei der ersten Coulisse und will seine Cigarre anzünden). Sie rauchen wohl auch lieber bessere.

Benjamin (indem er rechts den Tisch ordnet). Keine andere als das Mille zu 80 Francs.

Sylvain. Möcht' ich auch, aber mein Papa —

Benjamin. Sie haben einen Papa?

Sylvain. Den besten der Väter, nur etwas kleinstädtisch, ein schlichter Landwirth. Auch ich sollte werden, was er war — Pächter.

Benjamin. Nobler Stand.

Sylvain. Nobel ja, aber etwas unsauber, weil doch, wie das Lehrbuch sagt, der Dünger die Seele der Landwirthschaft ist. Ich wäre gern Photograph geworden. Da sieht man schöne Damen, aber das eben wünschte Papa nicht, deshalb schickte er mich auf die landwirthschaftliche Schule.

Benjamin. Um Oekonomie zu studiren?

Sylvain (steht auf). Als ich hinkam, brachte man mich zu den Kühen in den Stall. Das paßte mir nicht. Eine innere Stimme sagte mir: Sei Du kein Ochse, und kaum drei Tage auf der Schule, lief ich davon, natürlich ohne Papas Wissen.

Benjamin. Wenn der es aber erfährt?

Sylvain. O, ich bin nicht so dumm; ich schreibe ihm pünktlich alle Monat, trage eigenhändig meinen Brief nach Grignon auf die Post und hole mir dort regelmäßig die hundert Francs für meine Pension von der Post.

Benjamin. Hundert Francs. Sehr wenig in der theuern Zeit.

Sylvain. J, die ersten Tage im Monat geht's noch; aber vom fünfzehnten an bin ich gewöhnlich in der Klemme. Ich möchte gern etwas ergreifen, um einen kleinen Nebenverdienst zu haben. Halt! Da kommt mir ein Gedanke; wie hoch stehen Sie sich wohl?

Benjamin (ordnet rechts an den Tischen). Das hängt von der Höhe der Trinkgelder ab, ungefähr 300 Francs monatlich.

Sylvain. O, dafür würde ich auch gern Kellner, ohne zu erröthen.

Benjamin (kalt). Dabei braucht man gar nicht zu erröthen, mein Herr.

Sylvain. Als Kellner ist man stets in schwarzem Frack und weißer Halsbinde. Dabei sieht man hübsche Damen.

Benjamin. Auch häßliche, und der Dienst ist oft sehr anstrengend.

Sylvain. Ach, das thut nichts, lieber Mann, wie heißen Sie?

Benjamin. Benjamin.

Sylvain. Wenn Du vielleicht hörst, daß ein junger anstelliger Mensch gebraucht wird, so denke an mich.

Benjamin (bei Seite). Er duzt mich! (Laut.) Verlasse Dich darauf.

Sylvain. Ich kann also getrost mit meinen 17 Francs kommen?

Benjamin. Natürlich.

Sylvain. Ein Zimmerchen besorgst Du mir.

Benjamin (zeigt nach links). Draußen im Flur das Zimmerchen Nr. 4.

Sylvain. Kommt Miranda früher, als ich, so führe sie über die Hintertreppe.

Benjamin. Gut, sei unbesorgt.

Sylvain. Du kannst auch den Kaffee mit uns zusammen trinken. (Giebt ihm die Hand.) Auf Wiedersehen! (Ab durch die Hinterthür rechts.)

Benjamin. Adieu!

Scene 2.

Benjamin. Zweiter Kellner.

Benjamin (allein). Nettes Kerlchen, gar nicht stolz — wenn ich dem eine Stelle verschaffen könnte. (Stimmen außen, die durcheinander rufen: „Halt ihn, halt ihn!") Was giebts denn da?

Zweiter Kellner (durch den Hintergrund auftretend). Ein Spitzbube auf der Flucht.

Benjamin. Ein Spitzbube?

Zweiter Kellner. Ich glaube, er wollte die Taschen eines Herrn untersuchen, der am Schaufenster stand; der merkte es aber und schlug Lärm. Da nahm der Dieb die Füße in die Hand. (Links ab.)

Benjamin. Ah, da kommen Herrschaften!

Scene 3.

Benjamin. Champbourcy. Colladan. Cordenbois. Leonida. Blanche (mit ihren Nachtsäcken und kleinen Cartons).

Colladan. Freut mich, daß ich mit dabei war. Zum ersten Mal im Leben erblickte ich einen Spitzbuben; er hatte aber ein ganz gewöhnliches Aussehen.

Leonida. Laufen konnte er tüchtig.

Champbourcy. Er lief dicht bei mir vorbei. Wenn ich die Hand ausgestreckt, ich hätte ihn festgehalten.

Cordenbois. Das hätten Sie thun sollen.

Champbourcy. Was ging's mich an? Deswegen sind wir doch nicht nach Paris gekommen. Wie leicht kann man durch so etwas in Unannehmlichkeiten gerathen. (Bemerkt Benjamin.) He, Kellner!

Benjamin. Mein Herr!

Champbourcy. Kann man hier frühstücken?

Benjamin. Zu dienen. Wann befehlen Sie?

Collaban. Den Augenblick. Habe einen Heißhunger.

Benjamin. Gleich. Wünschen die Herrschaften ein besonderes Zimmer?

Alle (erstaunt). Was?

Leonida (steht mit Blanche rechts am Tisch). Wofür halten Sie uns? Behalten Sie Ihre besonderen Zimmer für — ich schäme mich, es zu sagen.

Champbourcy. Gut gesagt, liebe Schwester!

Benjamin. Verzeihen Sie. Ich hole sogleich die Speisekarte. (Bei Seite.) Menschen, Vormittags schon so hungrig, die kommen vom Lande. (Rechts ab.)

(Champbourcy legt seinen Regenschirm links auf einen Tisch, indeß die Andern sämmtliche Tische mit ihren Packeten belegen. Collabans Packet ist in ein farbiges Tuch gewickelt. Leonida legt ihre Sachen rechts auf den ersten Tisch.)

Champbourcy. So, nun wollen wir's uns bequem machen.

Collaban (auf sein Packet zeigend). Ich habe mir ein Paar neue Schuhe gekauft.

Champbourcy. Hier nehmen wir unser Hauptquartier. Behagt es uns, so kommen wir zu Tisch wieder her. (Sie gehen nach vorn.)

Cordenbois. Nicht doch, ich beantrage einen Delikatessen-Keller.

Champbourcy. Abstimmen!

Blanche. Aber warum nur Herr Felix den Zug versäumt hat?

Collaban. Das wußte ich vorher. Diese Rechtsgelehrten stehen nicht gern früh auf.

Leonida. Ach, ich bin auch so müde, möchte mich setzen. (Sie und Blanche setzen sich.)

Champbourcy. Jetzt schon? Bis jetzt haben wir doch noch nichts gesehen.

Cordenbois. Ihre Schuld. Wir kommen her, die Sehenswürdigkeiten zu besuchen, und wo führen Sie uns hin? Zu einem Zahnarzt.

Champbourcy. Herr Cordenbois, Sie sind bitter. Ich wünsche Ihnen nichts Böses, aber wenn Sie zum Beispiel in Paris strauchelten, hinfielen und den Arm brächen, ich führte Sie mit Vergnügen zu einem Arzt. Ja, der Weg wäre mir nicht zu viel.

Collaban (bei Seite). Gut gegeben. (Laut.) Hat Ihnen denn der Zahnarzt geholfen?

Champbourcy. Er hat erst den Nerv getödtet, und dann, weil es nichts nutzte, mir den Zahn ausgezogen — für zehn Francs — ich nahm sie aus der Sparbüchse.

Cordenbois. Zehn Francs? Viel Geld für einen hohlen Zahn.

Benjamin (mit der eingerahmten Speisekarte). Hier die Speisekarte.

Alle. Ach!

Champbourcy (die Karte nehmend). Geben Sie her, ich wähle.

Benjamin (geht in den Hintergrund).

Cordenbois. Ich denke, wir Alle haben die Auswahl.

Champbourcy. Hören Sie, wenn Jeder herrschen will, danke ich ab.

Blanche (am Tisch rechts in der ersten Coulisse). Aber Papa!

Leonida (steht neben ihr). Aber meine Herren!

Champbourcy. Nein, wenn Herr Cordenbois uns hier tyrannisiren will —

Cordenbois. Wer kann das von mir behaupten?

Collaban (bei Seite). Die müssen sich doch immer zanken. (Laut.) Sage Jeder seine Meinung frei heraus. Aber zunächst muß der Herr (auf Benjamin deutend) wissen, daß wir einmüthig nach Paris gekommen, um uns zu amüsiren, nicht um uns zu zanken.

Champbourcy. Werden Sie nicht ausfallend.

Collaban (zu Benjamin). Wir wollen nämlich eine Sparbüchse verklopfen, wie man zu sagen pflegt, gefundenes Geld an den Mann bringen. Nun, Sie werden mich schon verstehen.

Benjamin (bei Seite, argwöhnisch). Gefundenes Geld! Ob das ehrliche Finder?

Cordenbois. Verstanden?

Champbourcy. Sie kennen Ihre Gerichte. Wozu rathen Sie uns wohl.

Benjamin. Vielleicht Cotelettes à la Royale?

Champbourcy. Nein, kein Hammelfleisch.

Cordenbois. Das essen wir oft genug zu Hause.

Collaban. Ich verkaufe es sogar.

Benjamin. Oder Filets mit —

Cordenbois. Nein, kein Rindfleisch.

Champbourcy. Sehen Sie, wir wollen weder Rind-, noch Hammel-, noch Kalbfleisch, auch kein Geflügel.

Collaban. Keine Kartoffeln, noch Schoten oder Kohl. Das haben wir Alles zu Hause.

Benjamin. Wünschen die Damen vielleicht Melone?

Blanche (schnell). Ach ja, Melone.

Leonida. Die esse ich auch sehr gern.

Benjamin (im Abgehen). Drei Scheiben also?

Champbourcy (lebhaft). Halt! (Zu Colladan und Cordenbois.) Wir müssen doch erst sehen, wie theuer — hier gilt es, vorsichtig sein. (Die Karte nachsehend.) Eine Scheibe einen Francs.

Cordenbois. Für die Jahreszeit nicht zu theuer.

Colladan. Das ist wahr.

Champbourcy (zu Benjamin). Also drei Scheiben Melone. (Er giebt Cordenbois die Karte.)

Benjamin. Sehr wohl. Und dann?

Cordenbois (liest). Terrine de Nérac.

Colladan. Ja, die eß' ich gern. Weiß zwar nicht, wie sie schmeckt, aber die eß' ich.

Cordenbois. Sind auch Trüffeln drin?

Benjamin. Ja wohl.

Champbourcy (zu Cordenbois). Der Preis?

Cordenbois. Zwei Francs.

Champbourcy. Auch nicht zu theuer. (Leise zu den Andern.) Gut, daß ich Euch hierhergeführt — sehr solide Preise. (Laut zu Benjamin.) Also Terrine de Nérac.

Benjamin. Und dann?

Champbourcy. Dann! Nun dann noch etwas recht Delikates.

Colladan. Aber nichts von Speck oder Wurst.

Cordenbois (die Karte im Auge). Das scheint mir das Richtige. (Lesend.) Tourne-dos à la Plénipotentaire.

Alle. Ja, ja.

Champbourcy. Was ist denn das eigentlich?

Leonida (zugleich mit Blanche vertretend). Ist es gefüllt? Womit?

Benjamin. Das ist ein neues Gericht; Scheiben von Ziegenfleisch, gewalzt in einer Komposition von Wachtelsauce, Oliven, marinirten Austern und Trüffeln.

Colladan. Das muß schön schmecken.

Cordenbois. Ich stimme dafür.

Alle Andern. Wir auch.

Champbourcy. Also bringen Sie uns von der gewalzten Ziege. Hören Sie?

Benjamin. Sehr wohl, mein Herr.

Das heißt eine Vergnügungs-Reise!

Leonida. Ich möchte aber für uns noch etwas Süßes.
Blanche. Ach ja!
Collaban. Und ich noch etwas Schafkäse.
Champbourcy. Was für süße Speisen haben Sie?
Benjamin. Da kann ich Ihnen dreierlei empfehlen. — Windbeutel, sehr kräftig.
Champbourcy (zu Blanche). Ich stimme für das Kräftige. Und Du?
Blanche. Windbeutel sind so gewöhnlich.
Cordenbois. Ich bin auch für etwas recht Apartes.
Champbourcy. Nun, dann bringen Sie fünf Mal etwas recht Apartes. (Zu Benjamin.) Wird es sehr lange dauern?
Benjamin. Höchstens eine kleine halbe Stunde. (Ab.)
Collaban. Eine halbe Stunde. Inzwischen könnten wir die Vendôme-Säule besteigen.
Blanche. Ja, Papa, das wollen wir. (Alle, außer Champbourcy und Leonida, gehen in den Hintergrund.)
Champbourcy. Ja, es ist ja nur zwei Schritt von hier.
Leonida (leise zu Champbourcy). Du bleibst, ich habe Dir etwas Wichtiges zu sagen.
Champbourcy. Etwas Wichtiges?
Leonida (leise.) Sehr Wichtiges.
Cordenbois (im Hintergrunde.) Ich erwarte Euch hier; ich will nur in der Nähe einen kleinen Einkauf machen.
Champbourcy (zu Blanche, die zurückgekommen). Deine Tante ist zu müde, ich bleibe deshalb bei ihr. Gehe Du mit Herrn Collaban.
Blanche. Schön, Papa!
Collaban. Kommen Sie, ich erkläre Ihnen die Säule; sie soll aus einem Stück sein, wenn's wahr ist!
Champbourcy. Kommt nur nicht zu spät zum Frühstück.
Collaban (geht mit Blanche, der er den Arm reicht, ab. Cordenbois folgt ihnen links durch den Hintergrund).

Scene 4.

Leonida. Champbourcy.

Champbourcy. Wir sind allein. Was hast Du?
Leonida (verlegen). Es wird mir schwer, zu sagen —

Champbourcy. Du haft wohl etwas verloren oder vergessen?

Leonida. Nein, das nicht. (Bewegt.) Theophile, Du bist mein Bruder und mein einziger Freund; schwöre mir erst, daß Du mir nicht fluchen wirst.

Champbourcy. Ich? Dir?

Leonida. Schwöre es mir!

Champbourcy. Meinetwegen, ich schwöre.

Leonida (erregt). Theophile, ich habe etwas Schweres begangen.

Champbourcy. Du? (Ungläubig.) Das wäre?

Leonida. Es liegt mir auf der Seele; ich hätte Dich erst sollen um Erlaubniß bitten.

Champbourcy (verdutzt). Schwester, was hast Du gethan?

Leonida. Jene junge Person, von welcher Du seit vier Jahren das Angebot in der Zeitung liesest —

Champbourcy. Die bereit sein würde, in einer kleinen Stadt zu wohnen?

Leonida. Theophile — die bin ich. (Schämt sich.)

Champbourcy. Was? Also dafür verschwendest Du Dein Geld? Ohne daß einer angebissen!

Leonida. O doch, es ist gelungen.

Champbourcy. Wäre es möglich?

Leonida. Lies diesen Brief; gestern erhielt ich ihn.

Champbourcy (öffnet den Brief). Unterzeichnet X. Wer ist dieser X.?

Leonida. Herr Cocarel — ein liebenswürdiger Mann, äußerst gefällig.

Champbourcy. Wenn das nur kein Schwindler ist?

Leonida (beleidigt). Schwindler?

Champbourcy (liest). „Fräulein, kommen Sie so schnell als möglich; ich habe etwas für Sie, einen höhern Staatsbeamten, brünett, heiter, kerngesund. Die Zusammenkunft soll morgen Abend acht Uhr stattfinden."

Leonida. Also heute.

Champbourcy (liest weiter). „In meinen Salons rue Joubert 55. Seien Sie pünktlich, kommen Sie lieber in Begleitung eines Familienmitgliedes." (Spricht.) Man müßte ihm schreiben, daß wir hier sind.

Leonida. Ist geschehen. Gestern Abend, als ich nicht schlafen konnte, schickte ich ihm eine Depesche.

Champbourcy. Kostet 40 Sous! Du bist gut.

Leonida. Theophile, darf ich auf Deine Begleitung zählen?

Champbourcy. Gewiß, ich möchte das selber gern mit ansehen. Wir gehen Alle mit.

Leonida. Wie? Die Herren auch?

Champbourcy. Das Warum brauchen sie ja nicht zu wissen. Ich schweige, meiner Familie wegen.

Leonida (empfindsam). Bruder, dann müssen wir uns trennen. (Umarmt ihn.) Theophile, zürnst Du mir auch nicht?

Champbourcy. Im Gegentheil. (Nimmt sie bei der Hand.) Liebes Kind, aufrichtig gesagt, es freut mich.

Leonida. Wie?

Champbourcy. Ja, denn seit einiger Zeit warst Du, vielleicht ohne Dein Wissen, gar so launisch, heftig, mit einem Wort, unausstehlich.

Leonida. Was Du sagst!

Champbourcy. Es kommt Jemand. St! Später mehr davon.

Scene 5.

Die Vorigen. Sylvain.

Sylvain (tritt durch den Hintergrund links auf — für sich). Ob Miranda schon da? Ah, sieh' da, Herr Champbourcy!

Champbourcy } (zugleich). Sylvain?
Leonida

Sylvain (grüßend). Mein Fräulein! Mein Herr!

Champbourcy. Dein Vater ist hier.

Sylvain. Was Sie sagen! Wo ist er?

Champbourcy. Augenblicklich auf der Vendôme-Säule, aber zum Frühstück ist er wieder hier.

Sylvain. In diesem Restaurant?

Leonida. Ueberraschen Sie ihn hier.

Sylvain (bei Seite). Und Miranda, die ich erwarte? (Laut.) Ich will lieber Papa entgegen — (Will gehen.)

Champbourcy. Da kommt er schon.

Sylvain (bei Seite). Abgefaßt!

Scene 6.

Die Vorigen. Colladan. Blanche.

Colladan (mit Blanche auftretend). Da sind wir wieder; ich habe eine Hacke gekauft. (Er zeigt sie.) Wie lange habe ich mir eine solche gewünscht.

Blanche (geht von ihm weg). Glauben Sie nicht, daß es mir besonders angenehm war, auf dem Boulevard zu promeniren mit einem Herrn und mit einer Hacke.

Sylvain (tritt vor). Lieber Papa!

Colladan. Mein Sohn! (Er umarmt ihn.) Nun, wie befindet sie sich?

(Leonida, Blanche und Champbourcy setzen sich rechts an den Tisch bei der ersten Coulisse.)

Sylvain. Wer?

Colladan. Die Kuh.

Sylvain. Ach so — recht schlecht.

Leonida (zu Champbourcy). Sage mal, wollen wir nicht einige Besorgungen machen?

Champbourcy. Ach ja, zu besorgen haben wir die Möglichkeit. Jeder hatte zu Hause einen Auftrag für uns.

Colladan. Aber wie kommst Du nach Paris? Ich glaubte Dich in Grignon?

Sylvain (verlegen). Ich — ach, das kranke Thier — ich sollte einen Arzt konsultiren. Seine Sprechstunde ist um zwei Uhr.

Colladan. Also des Thierarztes wegen? Freut mich, daß sie Dich dazu ausersehen.

Sylvain. Mich auch, Papa, und da wir uns so zufällig treffen, möchtest Du mir nicht gleich mein Monatsgeld geben? Du ersparst einen Brief und das Porto.

Colladan (greift in seine Tasche). Hast Du recht. (Besinnt sich.) Doch nein, Du bist allein in Paris, Du könntest auf Abwege gerathen.

Sylvain. Aber, Papa!

Colladan. Heute Abend sollst Du es haben, vor Deiner Rückfahrt nach Grignon.

Champbourcy (sitzt rechts am Tisch). Da fällt mir ein, heute Abend sind wir ja eingeladen.

Colladan. Bei wem denn?

Champbourcy. Herrliche Soirée, Musik, Kuchen, Punsch —

bei einem guten Freund von mir, einem alten Kameraden. (Leise zu Leonida.) Wie heißt er doch?

Leonida (leise). Cocarel.

Champbourcy (laut). Cocarel, reicher Agent. Er vermittelt glänzende Geschäfte.

Blanche. Ach, Papa, wird denn auch getanzt?

Champbourcy. Natürlich, es ist ja große Gesellschaft.

Blanche. Und da hab' ich nicht einmal eine passende Robe.

Champbourcy. Große Soirée, aber ganz ungenirt.

Colladan. Meine Hacke geb' ich in der Garderobe ab. (Auf Sylvain zeigend.) Kann der Kleine auch mitgehen?

Champbourcy. O gewiß.

Sylvain (bei Seite). Nein, lieber auf den Opern-Ball. (Laut.) Ich ginge gern mit, Papa, aber —

Colladan. Kein Aber, ich will, Du sollst die feine Welt, den guten Ton kennen lernen. Du kommst mit, oder Du bekommst heute kein Geld. (Er stellt seine Hacke links in eine Ecke.)

Sylvain (schnell). Wie Du willst, Papa. (Bei Seite.) Ich drücke mich mit dem Gelde. (Laut.) Wo wohnt denn Herr Cocarel?

Leonida. Rue Joubert 55. Hier ist das Verzeichniß unserer Besorgungen.

Benjamin (bei Seite). Was die nur dort wollen?

Champbourcy (greift in seinen Nachtsack und legt Ringe, Armbänder, einen Fächer, Brillen u. s. w. auf den Tisch). Armbänder, Tabacksdosen, Brillen — Du hast, scheint mir, einen ganzen Laden ausgeräumt.

Benjamin (bei Seite). Ausgeräumt?

Champbourcy. Wir müssen das unter uns vertheilen.

Benjamin (bei Seite). Theilen? Das ist doch auffallend. (Es klingelt.) Ich komme schon. (Links ab, Alle stehen auf.)

Scene 7.

Die Vorigen. Cordenbois. (Später) Benjamin.

Cordenbois (tritt ein, erhitzt und pustend). Ich habe doch nicht zu lange auf mich warten lassen? Sieh da, Sylvain! Guten Tag, mein Junge!

Sylvain (bei Seite). Der Apotheker auch da? (Grüßt.) Herr Cordenbois!

Leonida (zu Cordenbois). Sie sind ja so erhitzt?

Cordenbois. Ich bin so gelaufen.

Colladan. Meiner Treu'! Sie sehen aus, als ob Ihr Bauch in Ihren Magen gefahren.

Cordenbois (bei Seite). Man sieht mir es wohl an?

Champbourcy. Ja, Sie sind so roth, als hätten Sie sich unterwegs auf den Kopf gestellt.

Cordenbois. Ich will's Ihnen nur gestehen, was ich gethan. Eine kleine Schwäche von mir. Aber seit einiger Zeit bemerke ich mit Schrecken, daß ich doch gar zu dick werde; deshalb sagte ich mir: benutze die Gelegenheit hier in Paris, kaufe Dir einen Schmacht=riemen auf Kosten der Sparbüchse.

(Unterdessen haben Benjamin und ein anderer Kellner zwei Tische aneinander gestellt, mit= ten auf der Bühne. Sie nehmen die Tische links und rechts aus der ersten Coulisse, legen Couverts und bringen die Speisen.)

Alle Andern. Ein Schmachtriemen?

Cordenbois. Zwei haben mich eingeschnürt. Es genirt mich furchtbar, aber der Kaufmann meinte, ich würde mich bald daran ge= wöhnen; nur die erste Zeit sei das unbequem.

Benjamin. Das Frühstück ist servirt.

Alle. Bravo! Bravo! (Alle außer Sylvain setzen sich.)

Colladan (zu Sylvain). Setz' Dich, iß ein Bischen mit uns.

Sylvain. Danke sehr, ich habe schon gefrühstückt. (Bei Seite.) Miranda muß gleich kommen, ich muß fort. (Er will gehen.)

Colladan (hält ihn fest — barsch). Nimm Dir einen Stuhl.

Sylvain. Ja, ich nehme mir einen Stuhl. (Er holt sich einen.)

Benjamin (leise zu Sylvain). Du, ich habe eine Stelle für Dich — im „rothen Ochsen".

Sylvain (bedeutet ihn zu schweigen). St! Später. (Er setzt sich neben seinen Vater, Benjamin steht hinter der Tafel, um sie zu bedienen.)

Champbourcy. Diese Melone schmeckt vorzüglich. Der Tag fängt gut an.

Cordenbois (bei Seite). Mein Leibgurt ist doch sehr unbe= quem.

Colladan (zu Sylvain). Sage 'mal, was treibt Ihr jetzt in Grignon? Arbeitet Ihr viel auf dem Felde?

Sylvain (verlegen). In Grignon — ja wohl.

Colladan. Baut Ihr auch rothe Rüben?

Sylvain. Natürlich; sie schmecken famos.

Colladan. Schöne Sache um die rothen Rüben; aber sie verlangen guten Dünger.

Cordenbois. Darf ich um die Trüffeln bitten?

Colladan (zu Sylvain). Wie steht's mit dem Spargel?

Champbourcy (zu den Andern). Wenn er ihn doch wo anders examiniren wollte.

Sylvain. Spargel — ja wohl —

Colladan. Der verlangt auch vorzüglichen Erdboden.

Cordenbois. Darf ich um die Trüffeln bitten?

Champbourcy (reicht sie ihm). Dieser Schwamm scheint Ihnen zu schmecken.

Cordenbois. Ja, wenn nur der Leibgurt nicht wäre.

Colladan (zu Sylvain). Wie steht's mit den Mohrrüben?

Sylvain. Ausgezeichnet!

Colladan. Auch eine schöne Sache um die gelben Rüben.

Sylvain. Ja, wer sie gern ißt.

Colladan. Verlangen aber auch guten Dünger.

Champbourcy. Hört denn das Examen noch nicht auf? Das ist ja langweilig und unappetitlich bei Tische.

Colladan. Das find' ich gerade nicht. Es ist ja unser Beruf. Nicht wahr, mein Junge?

Sylvain. Versteht sich — unser Beruf.

Leonida. Ja, aber doch nicht gerade bei Tische.

Colladan. Bedenken Sie doch, Alles was Sie essen, Brod, Fleisch, Radieschen, Alles kommt aus dem Erdboden. Nicht wahr, mein Junge?

Sylvain. Ja wohl, Papa.

Leonida. Nun hören Sie auf, Sie verderben mir den Appetit.

Blanche. Ich bin schon satt.

Cordenbois. Mich genirt das weniger als der Gurt. Ich bitte um die Trüffeln.

Colladan. Kannst Du ein Schwein schlachten?

Champbourcy. Ach, nun kommt er auf ein anderes Thema.

Colladan. Wie machst Du das?

Sylvain. Na, ich schlachte es.

Colladan. Also Du streifst die Aermel auf, nimmst das Thier beim Kopf und stichst es —

Alle Andern. Nun ist's aber genug!

Sylvain (steht auf). Adieu, Papa!

Collaban. Wo willst Du hin?

Sylvain (sich zum Gehen wendend). Zum Thierarzt wegen der Consultation.

Collaban (hält ihn zurück). Trinke wenigstens ein Glas Wein. (Er schenkt ein.)

Sylvain (wie oben). Danke sehr, ich —

Collaban (wie oben). Trink', sag' ich Dir.

Sylvain (stößt mit Jedem an). Nun denn, auf Ihr allseitiges Wohl! (Er trinkt.)

Collaban. Das krämpelt solchen jungen Menschen auf.

Sylvain (bei Seite). Sie sind jetzt beim Dessert; ich warte in der Nähe, bis sie fort sind, und komme dann wieder. (Grüßt.) Meine Damen, meine Herren, ich empfehle mich! (Er will fort.)

Collaban (hält ihn zurück). Was, Du umarmst mich nicht einmal? (Er thut es.) Also auf Wiedersehen heute Abend!

Sylvain. Auf Wiedersehen! (Bei Seite.) Miranda lauert gewiß schon auf mich. (Ab durch den Hintergrund links.)

Scene 8.

Die Vorigen (außer Sylvain).

Collaban (noch bei Tisch). Ein lieber Junge! Der läßt sich nicht zurückhalten, das Landleben geht ihm über Alles!

Champbourcy. Es ist elf Uhr. Nun, wir wollen keine Zeit verlieren. Kellner, die Rechnung!

Benjamin. Sogleich, mein Herr. (Ab.)

Leonida. Erst wollen wir unsere andern Besorgungen abmachen.

Cordenbois. Dann gehen wir nach dem Triumphbogen.

Benjamin (tritt wieder auf). Hier die Rechnung.

Champbourcy (nimmt die Rechnung). Nun wollen wir 'mal sehen. Was? Summa: 137 Francs 25 Centimes?

Alle (springen auf). 137 Francs?

Champbourcy (zu Benjamin, der eine Schüssel trägt und sich mit derselben hinter den Tisch stellt). Was bringen Sie in dieser Schüssel? Wir haben nichts weiter verlangt?

Benjamin. Wasser zum Mundausspülen. Das kostet nichts.

Collaban (energisch). Brauchen wir nicht!

Cordenbois (ebenso). Fort damit!

Benjamin. Sie haben es ja aber umsonst.

Alle (erregt). Fort damit!

Champbourcy. 137 Francs! Da heißt es wohl: Die sind aus der Provinz, die müssen gerupft werden.

Benjamin. Aber, mein Herr!

Collaban. Ja, ja, wir kennen das.

Cordenbois. Aber die Preise stehen ja auf der Karte.

Champbourcy. Geben Sie mir die Karte.

Benjamin (nimmt die Speisekarte vom Tisch und reicht sie Champbourcy). Hier, mein Herr.

Champbourcy (liest). Ich wußte es ja, da steht Melone ein Franc die Scheibe.

Collaban. Und auf der Rechnung stehen 10 Francs?

Benjamin. Dort stehen auch 10 Francs; wahrscheinlich deckt der Rahmen die Null.

Alle (sehen die Karte nach). Oh!

Cordenbois. Aber die Terrine de Nérac — 2 Francs.

Benjamin. 20 Francs, mein Herr; der Rahmen deckt wahrscheinlich auch hier die Null.

Alle (wie oben). Das ist zu arg.

Leonida. Das ist — ich will nicht sagen — was.

Collaban (nimmt die Karte). Richtig! Alle Nullen unter den Rahmen.

Champbourcy. Ein Narr, der das bezahlt. Wo ist Dein Herr?

Benjamin. Hier im Nebensaal. Wenn die Herren mit ihm reden wollen —

Champbourcy. Von der Leber weg. Kommt Alle mit. (Alle, außer Cordenbois, links ab durch die Thür in der dritten Coulisse.)

Scene 9.

Cordenbois. Benjamin (setzt die Tische wieder auseinander).

Cordenbois. Ich streite mich nicht gern nach Tische. Das stört die Verdauung. Ich muß in's Freie; ja, ich will den bewußten Besuch machen, bei Herrn X., rue Joubert 55. Ist zwar eine tolle Idee, aber wer weiß, vielleicht ist mir das Glück hold. (Ruft.) Kellner!

Benjamin. Mein Herr!

Cordenbois. Ist es sehr weit von hier bis zur rue Joubert?

Benjamin. O nein, Sie wenden sich rechts, dann ist es links die zweite Querstraße.

Cordenbois. Danke sehr. Sagen Sie den Herrschaften, ich erwarte sie in einer Stunde am Triumphbogen.

Benjamin. Sehr wohl.

Cordenbois (bei Seite). Vielleicht habe ich Glück. (Ab links durch den Hintergrund.)

Scene 10.

Benjamin. Champbourcy. Colladan. Leonida. Blanche. Zweiter Kellner. (Zuletzt) **Ein Polizist.**

(Man hört vom Nebensaale links her heftige Stimmen durcheinander sprechen.)

Benjamin. Wie die sich d'rin zanken. Ich traute dieser Gesellschaft gleich nicht recht. (Er geht nach hinten.)

Champbourcy (tritt wüthend aus dem Saal, die Andern folgen ihm; er spricht hinein). Lassen Sie holen, wen Sie wollen, ich bezahle doch nicht.

Colladan (ebenso). Eher klagen wir, das sage ich Ihnen.

Zweiter Kellner (kommt von links). Einen Schiedsrichter? Sehr wohl, Herr. (Alle durch den Hintergrund.)

Champbourcy. Einen Schiedsrichter? Meinethalben holen Sie zwei, drei — mir sehr egal.

Blanche (ängstlich). Ach, lieber Papa!

Leonida. Solche Preise — unerhört!

Colladan. Die wollten uns prellen.

Benjamin (kommt vor, zu Champbourcy). Mein Herr, Ihr Freund läßt Ihnen sagen —

Champbourcy. Du schweigst. (Verändert den Ton, zu Benjamin.) Um ein Ende zu machen, willst Du 100 Francs?

Benjamin. Das ist nicht meine Sache. (Geht zurück.)

Champbourcy. Gut, wie Du willst. (Leise zu den Andern.) Wir wollen thun, als gingen wir — dann wird er schon einlenken. (Alle nehmen die Hüte, Reisetaschen und Packete. Champbourcy nimmt seinen Regenschirm, Colladan seine Hacke.)

Zweiter Kellner (kommt aus dem Hintergrund, mit ihm ein Polizist). Da sind sie! Die wollen nicht bezahlen.

Champbourcy. Das heißt, nicht übertheuern lassen wollen wir uns.

Leonida. Eine Scheibe Melone 10 Francs.

Das heißt eine Vergnügungs-Reise!

Collaban. Machen zwölf Scheiben allein schon 120 Francs.

Polizist. Zeigen Sie 'mal die Karte. (Benjamin giebt sie ihm.)

Champbourcy. Auf der Karte stehen alle Nullen verdeckt! Ist das in der Ordnung? (Er gestikulirt und agirt mit seinem Regenschirm; dabei fällt eine Uhr aus dem Schirm heraus zu Boden.) Was ist denn das?

Alle. Eine Uhr!

Polizist (hebt sie auf). Wem gehört diese Uhr?

Champbourcy. Mir nicht.

Alle Andern (zugleich). Mir auch nicht.

Polizist (die Uhr besehend — für sich). Die Kette zerrissen — das ist die gestohlene Uhr. (Laut.) Wie kommt diese Uhr in Ihren Schirm?

Champbourcy. Weiß ich's?

Benjamin (leise zum Polizisten). Durchsuchen Sie diese Leute, sie haben noch Vielerlei in ihren Taschen. (Er geht zurück.)

Polizist. Was? (Bei Seite.) Diese Uhr — die Weigerung zu bezahlen. (Laut.) Sie kommen Alle mit auf das Bureau.

Collaban. Auf welches Bureau?

Polizist. Auf das Polizei-Bureau.

Alle (erschrocken). Auf das Polizei-Bureau?!

Polizist (zu Benjamin). Sie kommen gleichfalls mit und zwar mit der Speisekarte. Dort werden Sie bezahlt.

Blanche (ganz ängstlich). Ach, Papa, was wird uns dort geschehen?

Champbourcy. Nur ruhig, meine Tochter, ein rechtschaffener Mann hat die Polizei nicht zu fürchten. Kommt! (Alle ab, außer dem zweiten Kellner. Collaban nimmt seine Hacke mit.)

Scene 11.

Zweiter Kellner. (Dann) **Felix.** (Zuletzt) **Sylvain.**

Zweiter Kellner (allein). Arretirt! Ich möchte wetten, das ist eine Bande.

Felix (kommt schnell aus dem Hintergrund rechts). Kellner, ein Beafsteak, schnell, schnell, ich habe Eile! (Er geht rechts an den ersten Tisch.)

Kellner. Sogleich, mein Herr. (Rechts ab.)

Felix (allein). Ich mußte mit dem zweiten Zug fahren. Aber wo sind sie? Wo sie jetzt finden? Ich bin in Paris umher gelaufen. Nach dem Frühstück renne ich von Neuem. (Er setzt sich.)

Sylvain (kommt aus dem Hintergrunde links). Endlich sind sie fort; jetzt zu Miranda.

Felix. Sylvain!

Sylvain. Herr Felix!

Felix. Haben Sie Herrn Champbourcy und Fräulein Blanche nicht gesehen?

Sylvain. Sie haben soeben hier gefrühstückt.

Felix. Was Sie sagen! Und wo treff' ich sie jetzt?

Sylvain. Das weiß ich nicht.

Zweiter Kellner (bedient Felix). Das Beafsteak. (Er stellt es auf den Tisch.)

Sylvain. Kellner! Ach, es ist ja nicht Benjamin — (leise) ich erwarte eine Dame.

Zweiter Kellner. Auf Nr. 4 — sie ist da.

Sylvain. Endlich!

Zweiter Kellner. Die hat schon für 30 Francs verzehrt.

Sylvain. 30 Francs! (Man hört von links klingeln.)

Zweiter Kellner (indem er geht). Das ist sie — sie wartet auf ihre Melone.

Sylvain (bei Seite). Melone? Ich zittere! (Laut.) Bitte, sagen Sie ihr, ich sei einberufen auf vierzehn Tage als Geschworener. (Schnell ab durch den Hintergrund. Während der Vorhang fällt, hört man von links klingeln und rufen.)

Felix. Kellner! Brod! Flink! Flink! (Es klingelt immer heftiger von links her.)

Zweiter Kellner (eiligst). Brod Nr. 5., Melone Nr. 4. Flink! Flink! Ich fliege. (Links ab.)

(Der Vorhang fällt.)

Dritter Akt.

(Wartezimmer in einem Polizei-Bureau. Links zwei Thüren, im Hintergrund Fenster. Links ein Tisch und Stuhl. Rechts eine hölzerne Bank.)

Scene 1.

Polizei-Beamte. Champbourcy. Blanche. Leonida. Colladan.

(Champbourcy tritt zuerst ein, die Andern folgen ihm mit dem Polizisten.)

Polizist (führt sie durch die zweite Thür links herein). So. Hier warten Sie, ich rufe gleich Herrn Béchut.

Champbourcy. Herrn Béchut?

Polizist. Den Sekretair des Herrn Polizei-Kommissairs; der wird Sie gleich befragen. (Ab. Die Andern legen ihre Packete auf den Tisch.)

Scene 2.

Die Vorigen (außer dem Polizisten).

Colladan. Befragen? Aber wir haben doch nichts zu antworten.

Champbourcy. Stellen Sie doch Ihre Hacke bei Seite. Sie wirthschaften damit herum, können noch ein Unglück anrichten. (Colladan stellt die Hacke in einen Winkel.)

Blanche. Papa, ich möchte lieber fort.

Champbourcy. Fürchte nichts. Nur ein Mißverständniß transportirte uns hierher.

Leonida. Ja, aber wir sind doch gefangen.

Champbourcy. Keine Gefangene! Wir befinden uns nur im Polizei-Bureau — dergleichen passirt täglich.

Colladan. Hätten Sie auf mich gehört, dann wären wir jetzt auf dem Jahrmarkt in unserer Nachbarschaft. Nun sitzen wir fest in Paris.

Champbourcy. Konnte ich ahnen, daß sie Einem in Paris Uhren in die Schirme hexen? Ein Regenschirm ist doch kein Uhr=Futteral.

Leonida. Warum nahmst Du auch einen Schirm mit?

Champbourcy. Warum? Weil Cordenbois mir einschärfte, ihn ja nicht zu vergessen. Aber wo steckt denn Cordenbois?

Colladan. Ich hab' ihn gar nicht gesehen.

Champbourcy. Verschwunden im Augenblick der Gefahr.

Colladan. Vielleicht unter'n Tisch gekrochen.

Blanche. So ist er wenigstens frei.

Champbourcy. Meine Tochter, auch wir werden gleich wieder frei.

Blanche. Glaubst Du wirklich, daß man uns wieder fortläßt?

Champbourcy (bedeutsam lächelnd). Ich hoffe doch. Sobald ich den Herrn Polizei=Sekretair sehe, werde ich mit ihm reden — mich zu erkennen geben.

Colladan. Ich erzähle ihm die Geschichte von der Sparbüchse.

Leonida. Wir müssen ihm sagen, daß wir nur nach Paris gekommen, um die Sehenswürdigkeiten zu besichtigen.

Blanche. Die Läden —

Champbourcy. Kinder, wenn wir alle auf einmal reden, sind wir verloren. Ein Einziger muß sprechen für Alle.

Colladan. Was wohl ein Advokat hier sagen würde?

Champbourcy. Wählet einen ruhigen, beredten Mann. Und falls ich Euch dazu geeignet erscheine —

Blanche. Ja, ja, Papa muß uns vertheidigen.

Colladan (zu Champbourcy). Ich steh' Ihnen bei, geb' Ihnen kleine Winke.

Champbourcy (sieht Béchut eintreten). Still! Der Herr Sekretair!

Scene 3.

Die Vorigen. Béchut.

Béchut (kommt aus der ersten Thür links, Papiere in der Hand, die er durch=sieht). Also Sie sind Ihrer Vier?

Colladan. Für den Augenblick.

Béchut. Setzen Sie sich. (Er setzt sich an den Tisch, die Papiere durch=sehend.)

Champbourcy (setzt sich mit den Andern auf die Bank, dem Tisch gegenüber). Der Herr Sekretair sind sehr liebenswürdig. (Leise zu den Andern.) Nur kein ängstliches Aussehen — versucht zu lächeln, wie Menschen, die ein gutes Gewissen haben. (Alle lächeln.) So — nur immer heiter.

Béchut (von den Papieren aufblickend). Es handelt sich um eine Uhr, die sich bei einem von Ihnen im Regenschirm vorgefunden hat. (Sieht sie lächeln.) Wozu dieses Lächeln in so ernster Sache?

Champbourcy. Das Lächeln der Unschuld und des guten Gewissens.

Béchut. So? Was haben Sie im Punkte der Uhr zu sagen?

Champbourcy (steht auf). Herr Polizei=Sekretair! Es giebt im Leben des einzelnen Menschen sowohl, als auch im Leben ganzer Völker Augenblicke —

Béchut. Zur Sache. Antworten Sie mir auf meine Frage, und zwar möglichst kurz. Wie kam diese Uhr in Ihren Regenschirm?

Champbourcy. Ehe ich näher auf diese häßliche Geschichte eingehe, welche die Ruhe und Ehre einer achtbaren Familie zu stören droht, halte ich es für meine Pflicht, als Mann, Vater und Bürger laut meine Achtung für das Gesetz auszusprechen — für das Gesetz und dessen Wächter —

Béchut (unterbricht ihn). Aber das gehört ja nicht zur Sache. Also ohne Umschweife.

Collaban (steht auf). Herr Präsident! Ohne Umschweife ergreife ich das Wort.

Béchut (zu Collaban). Gut, reden Sie. Aber nehmen Sie gefälligst den Hut ab.

Collaban. Allzu gütig! Der genirt mich gar nicht.

Béchut (zu Champbourcy). Setzen Sie sich.

Collaban. Glauben Sie mir, ohne die Sparbüchse würden wir nicht hier sein. Sie müssen nämlich wissen, wir sind erst heute Morgen hier angekommen, mit dem Zug 5 Uhr 25 Minuten.

Blanche. Ja, mit dem Zug, den Herr Felix versäumt hat.

Béchut. Aber die Uhr?

Champbourcy (steht auf). Erlauben der Herr Sekretair —

Béchut (zu Champbourcy). Nein, setzen Sie sich. (Champbourcy und Collaban setzen sich Beide. Zu Collaban.) Fahren Sie fort, aber stehen Sie dabei auf.

Collaban (steht auf). Sehen Sie, Herr Präsident, ich stimmte für den benachbarten Jahrmarkt, aber leider wurde ich überstimmt, die Majorität war für Paris.

Béchut. Also Sie sind nicht aus Paris?

Champbourcy (steht auf). Nicht im Geringsten. Wir sind Kinder der Provinz, und mit Stolz nennen wir die Champagne unsere Mutter, Frankreich unser Vaterland.

Béchut (schnell zu Champbourcy). Setzen Sie sich. (Colladan setzt sich.) Sie sind also nur zum Besuch nach Paris gekommen?

Colladan (steht auf). Dank unserer Sparbüchse.

Champbourcy. Nur zum Besuch — als vorübergehende Bewunderer der Weltstadt.

Béchut (zu Champbourcy). Wenn Sie durchaus reden wollen, so gebe ich Ihnen nochmals das Wort. (Zu Colladan.) Setzen Sie sich. (Alle Beide setzen sich wieder. Zu Champbourcy.) Stehen Sie auf. (Alle Beide stehen auf. Zu Colladan.) Sie nicht; Sie setzen sich. (Zu Champbourcy.) Sie stehen auf.

Champbourcy. Ich?

Béchut. Ja doch, Sie. (Champbourcy steht auf. Colladan setzt sich.) Ich frage Sie, wie ist diese gestohlene Uhr in Ihren Regenschirm gekommen?

Champbourcy. Als Kommandant der Feuerwehr meiner Vaterstadt — denn diesen Ehrentitel hat man mir dort verliehen —

Colladan (unterbricht ihn). Er hat nämlich der Gemeinde eine Spritze geschenkt.

Champbourcy. Das hab' ich gethan, ich leugne es nicht und —

Colladan (unterbricht ihn). Herr Präsident! Ich als Sohn eines Pächters, jetzt selbst Vater eines Sohnes, ich weiß durchaus gar nichts im Punkte der Uhr.

Béchut. Gut.

Blanche (steht auf). Wir haben wirklich nichts begangen.

Leonida (steht auch auf). Und wenn eine untadelhafte, makellose Existenz —

Béchut. Genug!

Champbourcy (steht auf). Bitte, untersuche man meine Vergangenheit, sie wird für meine Zukunft zeugen.

Béchut (steht auf). Genug, genug! Setzen Sie sich Alle. (Bei Seite.) Die sind zu einfältig, um gefährlich zu sein! (Laut.) Ich will Ihnen Glauben schenken. Auch liegt keine Klage gegen Sie vor; ich will sehen, daß Sie frei kommen.

Alle (freudig). Ach! (Champbourcy, Leonida und Blanche stehen schnell auf.)

Colladan (der am anderen Ende der Bank saß, kippt und fällt). Oh!

Béchut. Aber hüten Sie sich. Das Auge der Polizei wird Sie beobachten. (Er klingelt und setzt sich wieder.)

Champbourcy (leise zu den Andern). Hab' ich's nicht gleich gesagt, wir gehen frei aus. Hätte nur Collaban nicht gar so viel geschwatzt.

Polizist (kommt). Herr Sekretair, der Kellner ist da!

Béchut. Ach so, als Zeuge. Herein mit ihm. (Zu den Andern.) Sie bleiben hier!

Polizist (in die Coulissen hinein). Kommen Sie!

Scene 4.

Die Vorigen. Polizist. Benjamin.

Béchut (zu Benjamin). Was haben Sie auszusagen?

Benjamin. Ich? Nichts. Nur meine Rechnung will ich bezahlt haben.

Béchut. Welche Rechnung?

Benjamin. Für das Frühstück. Die Herren da haben gegessen und getrunken — nun wollen sie nicht bezahlen. (Er giebt sie Béchut.)

Champbourcy. 137 Francs! Niemals!

Collaban. Niemals! Die Nullen bezahlen wir nicht!

Béchut (die Rechnung durchsehend, bei Seite). Melone — Tourne-dos à la Plénipotentiaire. Was? So frühstücken doch einfache Leute nicht? (Zu Champbourcy.) Warum verweigerten Sie die Bezahlung?

Champbourcy. Weil —

Collaban (einfallend). Weil das ein Spitzbubenstreich —

Benjamin. Oho! Hören Sie, wenn hier von Spitzbuben gesprochen wird, so fühle ich mich nicht getroffen, und wenn ich reden wollte —

Alle. Was?

Béchut (zu Benjamin). Was wollen Sie damit sagen? Ich befehle Ihnen, hier auszusagen, was Sie wissen!

Champbourcy. Ich auch, ich fordere das, Sie — doch ich will mich mäßigen.

Benjamin. Bezahlen Sie erst meine Forderung. Beim Frühstück haben Sie sich nicht gemäßigt. Uebrigens braucht man blos Ihr Gepäck zu untersuchen; da sieht man gleich, wen man vor sich hat.

Champbourcy. Unser Gepäck? Herr —!

Collaban. Was soll das heißen?

Béchut (hat das Gepäck, welches auf dem Tisch liegt, geöffnet). Eine Lorgnette — Armbänder — ein Fächer.

Leonida. Einkäufe, um die man uns daheim gebeten hat.

Colladan. Ein Beweis, daß wir dort als ehrliche Leute dastehen. Glauben Sie, daß jemals Einer von uns gesessen?

Benjamin (achselzuckend). Ehrliche Leute bezahlen, was sie verzehren.

Colladan. Frecher Schlingel. (Er macht eine drohende Geberde gegen Benjamin und läßt dabei einen Tischler-Meißel fallen.)

Polizist (hebt den Meißel auf und übergiebt ihn Béchut). Ein Meißel, ein kleines Stemmeisen.

Colladan. Der Meißel gehört mir.

Béchut. Ein verdächtiges Werkzeug.

Colladan. Wie so? Blos um Löcher in Holz zu meißeln.

Champbourcy (leise zu Colladan). Wie konnten Sie auch so etwas kaufen?

Colladan (ebenso). Ist doch ein sehr nützliches Hausgeräth.

Béchut (hat leise mit dem Polizisten gesprochen — jetzt laut). In Ihrem eigenen Interesse rathe ich Ihnen, freiwillig zu gestehen.

Champbourcy. Gestehen? Was? Ich sagte Ihnen schon, ich bin Kommandant der Feuerwehr, und wenn bisher noch kein Brand vorgekommen, ist das meine Schuld?

Colladan. Wir Alle sind ehrliche Leute.

Alle Andern. Wir haben nichts verbrochen.

Béchut. Genug. Folgen Sie diesem Beamten (er deutet auf den Polizisten) in den Nebensaal — dort warten Sie, bis ich Sie wieder hereinrufe — auch diese Damen. (Béchut am Tisch. Benjamin steht bei ihm.)

Polizist. Also Marsch!

(Sie wollen Einspruch dagegen erheben, indem sie Alle zugleich schreien: „Wir sind unschuldig!")

Colladan. Stoßen Sie nicht!

(Der Polizist nöthigt sie, links in die zweite Coulisse abzugehen. Er geht zuletzt und nimmt alle auf dem Tisch befindlichen Sachen mit.)

Scene 5.

Béchut (sitzend). **Benjamin** (stehend).

Béchut (am Tische, zu Benjamin). Sagen Sie die Wahrheit. Um welche Zeit kamen sie zu Ihnen?

Benjamin. Es war kaum acht Uhr — ich war soeben mit dem Ausfegen des Saales fertig, als ich draußen auf der Straße schreien hörte: „Haltet den Dieb!"

Béchut. Also man rief: „Haltet den Dieb!" (Er schreibt.) Weiter.

Benjamin. Die kamen wenige Augenblicke nachher in unser Kaffeehaus, und ich hörte, wie der Eine zu den Anderen sagte: „Freut mich, daß ich mit dabei war!" Dann bestellten sie ein Frühstück — Alles auf's Beste. Sie sagten, sie hätten ja Geld genug zu verklopfen — Geld so gut wie gefunden.

Béchut. Das klingt allerdings verdächtig. (Er schreibt.) Weiter.

Benjamin. Ich fragte mich gleich im Stillen: ob das wohl ehrliche Finder? Einige gingen fort, während das Frühstück bereitet wurde. Nur die eine Dame, die ältere, blieb mit dem Häuptling der Bande allein. Sie gestand ihm, sie habe etwas Schweres begangen — ich horchte nämlich draußen an der Thür. — Sie beschwor ihn, er möge ihr nicht fluchen. Und wie die Andern zurückkamen, legten sie Armbänder, Lorgnetten, Tabacksdosen auf den Tisch. Das theilten sie untereinander, und der Häuptling äußerte dann: Du hast einen ganzen Laden ausgeräumt. Der Tag fängt gut an —

Béchut. Immer verdächtiger. (Er schreibt.) Nur weiter.

Benjamin. Als sie sich zu Tische setzten — ach, ich vergaß — der Eine kam später, als die Andern — ein Dicker, leider nicht mit arretirt. Der trug etwas unter seiner Weste versteckt, das schien ihm den Magen zu drücken; er sagte oft, das genirt mich, aber ich werde mich daran gewöhnen.

Béchut. Einer, der nicht mit arretirt ist. (Er schreibt wieder.) Weiter.

Benjamin. Endlich, nachdem sie vollauf gegessen und getrunken hatten, weigerten sie sich, die Rechnung zu bezahlen. Das ist die Geschichte.

Béchut. Gut. Sie werden als Zeuge wieder vorgeladen werden; jetzt können Sie gehen.

Benjamin. Aber die Rechnung?

Béchut. Wird Ihnen von Amtswegen bezahlt werden. Gehen Sie da hinaus. (Benjamin ab in die erste Coulisse links. Béchut klingelt. Dann zu dem Polizisten, der kommt.) Herein mit der sauberen Gesellschaft.

Polizist (in die Coulisse hinein sprechend). Kommen Sie!

Scene 6.

Béchut. Champbourcy. Colladan. Leonida. Blanche. Der Polizist.

Alle (treten erregt auf). Das ist empörend! Solche Ehrenkränkung!

Champbourcy. Ich protestire im Namen der civilisirten Menschheit.

Béchut. Wogegen?

Champbourcy. Gegen dieses Attentat auf unsere Taschen! Man hat uns ausgeplündert!

Leonida. Uns Alles weggenommen!

Champbourcy. Unser Geld, die Uhren, Brieftaschen. Man hat uns nichts gelassen, nichts, als unsere Taschentücher.

Blanche (weinend). Um unsere Thränen zu trocknen.

Champbourcy. Die Thränen der Unschuld! Ich protestire gegen solchen Eingriff in die geheiligten Rechte des Eigenthums.

Béchut (steht auf). Genug der Phrasen. Ich durchschaue Sie jetzt. Sie sind eine jener Banden, die sich hier in der Hauptstadt einen guten Tag machen, nachdem ihnen wieder ein Gaunerstreich gelungen.

Alle (außer Béchut und dem Polizisten). Gaunerstreich?

Colladan. Herr Präsident, ich, der Sohn eines reichen, aber ehrlichen Pächters, selbst ein unbescholtener Landmann —

Béchut. Spielen Sie nicht länger den biedern Bauer; Sie alter Gauner.

Colladan. Gauner? (Zu Champbourcy.) Kommandant, Sie sind mein Zeuge!

Béchut. Ruhe! Ich lasse einen Wagen holen, um mit Euch abzufahren.

Colladan. Wohin?

Béchut. Wo Ihr hingehört — in's Gefängniß.

Alle Andern (wie oben — schreiend). In's Gefängniß?

Béchut. Ihr seid abgefeimte Spitzbuben, wolltet heut im Trüben der Fastnacht fischen. Aber der Scharfblick der Polizei durchschaut Euch. (Ab in die zweite Coulisse links, begleitet von dem Polizisten.)

Scene 7.

Die Vorigen (außer Béchut und dem Polizisten).

Alle. Spitzbuben, hat er gesagt!

Champbourcy. Eine Verbal=Injurie!

Colladan. Und festsetzen will er uns!

Champbourcy. Eine Real=Injurie! Das dulden wir nicht.
(Man hört, wie außen die Thür doppelt verschlossen wird.)

Colladan. Hören Sie?

Champbourcy. Eingeschlossen — zweimal 'rum.

Leonida. Ach, und Herr Cocarel erwartet mich heute Abend! Meine ganze Zukunft ist dahin!

Blanche. Ja, und Herr Felix, wenn er das hört, wird er mich nicht sitzen lassen?

Colladan. Und Sylvain, mein armer Junge, den ich auf heute Abend dort zu Gaste gebeten!

Champbourcy. Freunde, fühlt Ihr Euch eines großen Entschlusses fähig?

Alle Andern. Ja!

Champbourcy. Sprechen wir leise. Hört mich an. (Schlägt sich vor die Stirn.) Hier dämmert die Idee eines großen Mannes —

Alle Andern. Wir hören.

Champbourcy. Eines Mannes mit Namen Monte=Christo. Er steht mit ehernen Zügen eingegraben in der Weltgeschichte und in dem neunbändigen Roman des großen Alexander — Dumas senior. Die Kabale seiner Feinde brachte ihn um seine Freiheit, brachte ihn in's Gefängniß — lebenslänglich.

Colladan und Blanche. Lebenslänglich?

Leonida. Doch er entsprang.

Champbourcy. Schwester, Du erräthst mich! (Drückt ihr die Hand.) Zwei Geschwister und eine Idee! Also wir verachten Kerker und Ketten, wir entspringen. Wollt Ihr?

Colladan. Mit Freuden. Aber wie? Die Thür ist zu — fest verschlossen.

Champbourcy (geht an's Fenster; die Andern nähern sich ihm etwas). St! Leise! Uns bleibt noch der Weg durch's Fenster.

Leonida. Aber wir Damen —

Champbourcy (späht zum Fenster hinaus). Nur eine Treppe hoch — unten ein Hof und ein Haufen Dung.

Colladan. Desto besser — ich kenne das — weich wie ein Federbett!

Leonida. Aber das geht doch nur des Abends.

Champbourcy (stößt einen Schrei aus). Ha, ein Seil! (Er zeigt es.)

Die Andern (treten an's Fenster). Ein Seil!

Champbourcy. Ich rutsche an dem Seil hinunter. Unten im Hofe findet sich gewiß eine Leiter. Ihr wartet hier auf mich. (Er ergreift das Seil. Man hört außen ein starkes Läuten. Erschrocken.) Ach, verwünscht! Unten hängt eine Glocke d'ran. Ein Glockenseil. (Man hört außen am Schloß schließen.)

Colladan. Es kommt Jemand. (Er setzt sich auf Béchuts Platz.)

Champbourcy (entfernt sich vom Fenster). Kaltes Blut. Setzt Euch Alle — mit lächelndem Gesicht. (Alle Vier setzen sich auf die Bank.)

Scene 8.

Die Vorigen. Der Polizist.

Polizist (im Auftreten). Was geht hier vor? Ich hörte —

Colladan (einfallend). Ich habe nichts gehört.

Champbourcy. Mir scheint, unten im Hof zog Jemand die Glocke.

Polizist (spöttisch). Werden Sie nur nicht ungeduldig, der Wagen muß gleich da sein. (Er schließt das Fenster, indem er eine Eisenstange und ein Vorlegeschloß davor legt.)

Colladan (leise zu den Andern). Er macht uns dingfest.

Champbourcy (in seine Tasche fassend, bei Seite). Nichts, gar nichts, um diesen Kerker zu sprengen. (Steht auf, zum Polizisten.) Mein Herr, man hat mir Alles genommen. Aber ich wohne in Ferté sous Jouarre, und wenn ein günstiger Stern Sie jemals dahin führt, mein Haus, mein Tisch, meine Gastfreundschaft —

Polizist. Was soll das heißen?

Colladan. Eine höfliche Einladung. Auch mein Haus, meine Küche, mein Weinkeller steht Ihnen offen.

Polizist. Was? Ein Bestechungsversuch? Das soll Ihnen theuer zu stehen kommen! (Ab.)

Scene 9.

Die Vorigen (ohne den Polizisten).

Champbourcy. Alles verloren! Dieser Polizist ist ein Stoiker, ein Cato.

Leonida. Ach, und Du bist ein Glöckner von Notre-Dame.

Champbourcy. Wider Wissen und Willen. Ich schwöre es Dir!

Colladan (aufschreiend). Ach!

Die Andern (zusammenfahrend). Ach! Was haben Sie?

Colladan. Meine Hacke! — Die hatt' ich ganz vergessen.

Die Andern. Die Hacke! Was wollen Sie damit?

Colladan. Ein Loch in die Mauer schlagen. Wir retten uns in's Nachbarhaus und von da weiter in's Weite.

Champbourcy. Glücklicher Einfall! (Colladan geht in den Hintergrund.)

Leonida. Das ist auch schicklicher für uns Damen, als das Klettern zum Fenster hinaus.

Champbourcy (zu Colladan). Rasch an's Werk.

Colladan (hebt die Hacke auf und hält plötzlich inne). Ja, aber wenn das Auge der Polizei hört, wie ich hier arbeite?

Champbourcy. Das ist wahr!

Leonida. Was nun anfangen?

Champbourcy. Blitz! Da fällt mir etwas ein. Singen wir wie in der Oper: „Der Maurer".

Colladan. Bravo! Ja, singen wir aus vollem Halse, damit man nichts hört.

Champbourcy (zu Leonida und Blanche). Ihr seid Mitglieder des Gesangvereins. Stimmt an!

Blanche. Aber, Papa, in dieser schrecklichen Stimmung?

Champbourcy. Ein lustiges Lied!

Leonida. Lieber eine schmachtende Arie.

Champbourcy. Nein, das klingt zu piano. Lieber einen rauschenden Männer-Chor; ja, den Fischer-Chor der Barcarole aus der „Stummen von Portici." (Singt.) „Es wehen frische Morgenlüfte." (Spricht zu Colladan.) Sie spielen die „Stumme", durchlöchern lautlos die Mauer, während wir singen. Also los!

(Collaban fängt an, mit der Hacke gegen die Wand rechts zu schlagen. Die drei Andern, links stehend, singen, so gut sie können, im Chor:)

>Ja, Vorsicht braucht gewohnter Weise;
>Ihr Fischer, habt Acht!
>Werft aus das Netz fein still und leise —

Collaban (spricht dazwischen). Nicht so leise! Lauter! Forte!

Champbourcy (spricht). Fortissimo!

(Die Drei singen weiter — forte.)

>Werft aus das Netz fein still und leise,
>Verfahrt mit Bedacht:
>Dem Meertyrannen gilt die kühne Jagd!

(Zu Ende des Gesanges fällt ein Stein und Kalkstücke aus der Wand zu Boden.)

Collaban. Halt! Wohin mit dem Schutt?

Champbourcy. In unsere Taschen, die sind ja ganz leer.

(Sie nehmen den Stein und die Kalkstücke vom Fußboden und stecken sie in die Taschen.)

Collaban. Weiter!

Champbourcy, Leonida und Blanche (singen):

>Bald wird der Freiheit Stunde schlagen —

Collaban (spricht dazwischen). Nein, das klingt verdächtig.

Champbourcy (spricht). Verdächtig? Was?

Collaban. Die Freiheit!

Champbourcy. Da haben Sie Recht. Ja, die Freiheit steht immer in Verdacht.

Blanche (nahe der Thür links im Hintergrund). Still! Ich höre die Thür aufschließen.

Champbourcy (erschrocken). Herr des Himmels! Das Loch in der Wand — wie es verbergen?

Collaban (hat erschrocken die Hacke fallen lassen). Ach, ich bin wie gelähmt.

Champbourcy. Leonida, stelle Dich davor! Du bist breiter als Blanche. (Er stellt sie an die Wand vor das Loch.)

Leonida. Ich zittere an allen Gliedern. Bedenke, wenn er Hand an mich legt.

Champbourcy. Fasse Dich und lächele. Das schöne Geschlecht wird man in Dir schonen.

Collaban (bei Seite). Ich zweifle!

Scene 10.

Die Vorigen. Béchut.

Béchut (kommt, ein Papier und einen Bleistift in der Hand). Sie haben mir Ihre Namen und Vornamen noch nicht angegeben. Ich muß sie in's Protokoll eintragen.

Champbourcy. Theophile Athanase Champbourcy aus Ferté sous Jouarre. Kommandant —

Béchut (schreibend). Unnöthig! (Zeigt auf Blanche.) Sie heißen?

Blanche. Blanche Rosalie Champbourcy.

Colladan (hält die Hacke, die er wieder vom Erdboden aufgehoben hat, hinter'm Rücken versteckt). Jean Cadet Colladan.

Béchut (zu Champbourcy, auf Leonida zeigend). Ihre Frau?

Leonida (macht eine abwehrende Bewegung und geht dabei einen Schritt vor). Seine Schwester. Ich bin ein Mädchen.

Champbourcy (leise zu Leonida). An die Wand! (Leonida stellt sich wieder dicht an die Wand.)

Béchut. Seien Sie unbesorgt; treten Sie näher! (Leonida rührt sich nicht.) Ich sage Ihnen, kommen Sie her! (Leonida nähert sich. Colladan stellt sich schnell an die Wand.)

Béchut (zu Leonida). Sie heißen?

Leonida. Zemire Leonida Champbourcy.

Béchut. Gut. Der Wagen wird gleich vorfahren. (Ab.)

Scene 11.

Die Vorigen (außer Béchut). (Später) Der Polizist.

Alle. Er ist fort!

Colladan. Aber der Wagen kommt gleich. Der Augenblick ist kostbar. (Schlägt mit der Hacke gegen die Wand.) Singt weiter! — O weh!

Die Andern. Was ist denn?

Colladan (besieht die Hacke). Die Hacke hat einen Sprung. Ich bin betrogen von dem Schelm, dem Eisenkrämer.

Blanche (aufhorchend). Still! Ich höre Schritte.

Die Andern (erschrocken). Ha!

Champbourcy (sich gewaltsam ermannend). Tausend Donner! Noth bricht Eisen! Ich sage mit Masaniello: „Gebt mir Waffen!" (Nimmt Colladan die Hacke aus der Hand.) Ich schlage Jeden nieder!

Colladan. Sind Sie verrückt?

Champbourcy. Masaniello war es auch! (Schwingt die Hacke drohend gegen die Thür.)

Leonida (fällt ihm in den Arm). Um's Himmels Willen! Bruder, kein Blut!

Champbourcy (sieht den Polizisten und hinter diesem zwei andere Polizisten eintreten — bestürzt). Es sind zwei — drei. (Läßt die Hacke zu Boden fallen). Schickt man die ganze bewaffnete Macht gegen uns?

Der erste Polizist. Der Wagen ist da! (Er nimmt rasch die Hacke vom Fußboden auf.) Was ist das? Eine Hacke!

Colladan (schnell). Nur ein friedliches Acker-Werkzeug!

Zweiter Polizist (hat sich umgesehen und das Loch in der Wand bemerkt, welches er dem ersten Polizisten mit stummer Geberde andeutet).

Erster Polizist. Aha! Ein versuchter Ausbruch!

Colladan (in Angst). Ja, nur ein leiser Versuch.

Erster Polizist (spöttisch). So? Schon der Versuch ist strafbar.

Champbourcy (vorwurfsvoll zu Colladan). Sie Judas!

Erster Polizist (zu Colladan). Ihr offenes Geständniß ist ein mildernder Umstand für Sie — hingegen (auf Champbourcy zeigend) sein freches Leugnen ein erschwerender Umstand für den Rädelsführer da!

Champbourcy (wirft sich in die Brust). Herr! Wissen Sie wohl? Ich bin Kommandant —

Erster Polizist (ihn unterbrechend). Einer Spitzbuben-Bande. Weiß schon. Marsch fort! Oder —! (Er will Champbourcy beim Arm nehmen.)

Champbourcy (heftig). Nicht anfassen — (kleinlaut) bitte, wir gehen freiwillig. (Geht auf die Thür zu.)

Die Andern. Freiwillig!

Champbourcy (bleibt an der Thür stehen, sich wieder in die Brust werfend). Nein, wir gehen nicht —

Erster Polizist. Was? (Zeigt auf die Thür.)

Champbourcy. Wir fahren!

Leonida (aufschreiend). Ach, ich sinke in Ohnmacht! (Fällt wie ohnmächtig auf die Bank.)

Erster Polizist (zu den beiden andern). Tragen Sie die Alte in den Wagen.

Leonida (plötzlich aufspringend). Die Alte? Rühren Sie mich nicht an. Ich gehe freiwillig!

Champbourcy. Freiwillig, wir Alle! (Zum ersten Polizisten.) Hören Sie wohl? Folgen Sie mir! (Ab — hinter ihm die Polizisten mit Celladan, Leonida und Blanche — ab.)

(Der Vorhang fällt rasch.)

Vierter Akt.

(Ein Saal bei dem Agenten Cocarel, sehr hell erleuchtet. Im Hintergrunde drei Thüren, die in einen zweiten Saal führen. Rechts und links eine Thür. Ein Schreibtisch und links ein Kamin. An der zweiten Coulisse rechts ein großes Pult, auf welchem ein dickes Buch liegt, welches mit einem sehr großen Schloß versehen ist. Armleuchter u. s. w. Links an der ersten Coulisse Stühle, ein Bureautisch, Lehnstühle.)

Scene 1.

Cocarel. Joseph.

(Beim Aufgehen des Vorhanges zündet Joseph die letzten Lichter an.)

Cocarel (von links auftretend). Beeile Dich, Joseph!

Joseph. Ich bin fertig. Soll ich auch in den andern Salons anzünden?

Cocarel. Gewiß, heute ist ja große Gesellschaft, ein Rendezvous erster Klasse. Ein junges Mädchen aus der Provinz — hunderttausend Francs Mitgift. — Du hast doch Eis bestellt und viel Backwerk?

Joseph. Ja wohl, Herr Cocarel!

Cocarel. Gut, unsere Tänzer und Tänzerinnen kommen doch alle?

Joseph. Alle, nur Herr Anatole nicht.

Cocarel. Wie? Anatole nicht? Warum nicht?

Joseph. Er verlangt Zulage für den Abend; für den heutigen forderte er zehn Francs.

Cocarel. Unverschämt! Fünf Francs und ein Paar gelbe Glacé-Handschuhe für den Abend! Ist das nicht genug?

Joseph. Das sagte ich ihm auch. Aber er pochte darauf, daß heute Fastnacht und er so ein gesuchter Artikel —

Cocarel. Ich verkenne seine Vorzüge nicht — er hat eine famose Haltung. Obgleich nur ein Friseur, weiß er sich doch so aufzuspielen, daß man ihn neulich für einen Gesandtschafts-Attaché angesehen.

Joseph. Und wie schön er immer duftet.

Cocarel. Ja, wie ein Blumenbeet aus einem Pomadentopf. Er parfümirt den ganzen Saal. Und jetzt macht er mir Strike.

Joseph. Das eigentlich nicht, denn er versprach mir, statt seiner einen Freund zu schicken, der es für fünf Francs thäte.

Cocarel. Ich vermisse Anatole ungern; ich machte mit ihm Staat. Nun illuminire schnell den großen Saal, und bis sie kommen, schraube die Lampen etwas niedriger. (Joseph rechts durch den Hintergrund ab.)

Scene 2.

Cocarel (allein — er sieht nach der Uhr).

Cocarel. Drei Viertel auf acht. Sie muß bald kommen, die schöne Leonida. (Zieht ein Papier aus der Tasche und liest.) „Ich komme um acht Uhr — habe keine Ruhe, kann nicht schlafen." (Spricht.) Sie schreibt wie eine schlafsüchtige Negerin; am Ende ist sie eine Creolin. Muß doch 'mal nachsehen. (Er geht an sein Pult und sucht einen Brief aus den Papieren heraus.) Hier ihr Signalement: „Ich bin brünett." (Spricht.) Wenn es nur keine Schwarze ist. Das wär' keine leichte Aufgabe. Und doch hab' ich im vorigen Jahr eine unter die Haube gebracht. Natürlich zu erhöhtem Preise — ich nehme dann statt der üblichen fünf Prozent zehn vom Hundert der Mitgift. (Liest weiter.) „Mein Teint ist weiß." (Spricht.) Ah, eine Weiße. (Lesend.) „Meine Augen haben einen offenen Blick." (Spricht.) Also schielt sie nicht. Das ist schon etwas. (Weiter lesend.) „Mein Benehmen ist mädchenhaft, ohne Ziererei. Man nannte mich oft: eine schöne Seele, im Gegensatze zu emanzipirten Frauen à la Georges Sand." (Spricht.) Also keine Emanzipirte. (Weiter lesend.) „Von meinem Herzen zu reden, ziemt mir nicht; aber seit meiner Kindheit habe ich mich geopfert, einen Bruder zu pflegen, der bedeutend älter ist, als ich, einen von der Gicht heimgesuchten grämlichen Greis, und nie ist eine Klage über seine Launen von meinen Lippen gekommen. Fände ich einen Mann nach meinem Herzen, so würde ich mich sogar entschließen, mit ihm nach einer hübschen kleinen Stadt zu ziehen." (Spricht.) Wenn die so ist, wie sie schreibt, muß es nicht schwer sein, sie unterzubringen.

Scene 3.

Cocarel. Sylvain. (Zuletzt) Joseph.

Sylvain (kommt von links, im Hintergrunde). Bin ich hier recht bei Herrn Cocarel?

Cocarel. Ganz recht. Was führt Sie zu mir?

Sylvain. Ihre Soirée.

Cocarel (bei Seite). Gewiß Anatole's Freund, sein Stellvertreter. (Laut.) Schön! Warten Sie, ich muß doch erst sehen, ob Sie auch Ihrer Aufgabe gewachsen sind. (Er geht an's Pult und legt die Papiere hin.)

Sylvain (verblüfft). Welcher Aufgabe?

Cocarel (vom Pulte zurückkommend). Drehen Sie sich 'mal um. (Sylvain thut es.) Oh, nicht übel, gar nicht übel. Ihre Weste hat Façon, aber die Beinkleider sind nicht nach dem neuesten Schnitt.

Sylvain (verlegen). Ja, Jeder zieht an, was er hat.

Cocarel (bei Seite). Der scheint nicht so anspruchsvoll. (Laut, Sylvain musternd.) Da an Ihrem Rock fehlt ja ein Knopf. Das kann ich nicht leiden.

Sylvain (bei Seite). Wie Der seine Gäste mustert.

Cocarel. Gehen Sie in das Garderobe-Zimmer, dort wird man Ihnen einen Knopf annähen.

Sylvain (bei Seite). Das nenn' ich aufmerksam sein gegen die Gäste.

Cocarel. Ich brauche Ihnen wohl nicht erst ein bescheidenes reservirtes Auftreten in der Gesellschaft anzuempfehlen, einen guten Ton — kein unschickliches Wort, keine schlechte Späße. Man giebt sich leichter ein vornehmes Ansehen durch Schweigen als durch Schwatzen. Das merken Sie sich.

Sylvain. Ja, wie das Sprichwort sagt: Laß' Deinen Mund verschlossen sein, so schluckst Du keine Fliegen ein!

Cocarel. Ferner: wenn Eis, Bonbons, feines Backwerk herumgereicht wird, so rühren Sie nichts an.

Sylvain (überrascht). Ach!

Cocarel. Sie haben nur Anspruch auf einen Butterkuchen und eine Tasse Thee.

Sylvain. Erlauben Sie, Thee trinke ich nicht — ist mir zu fade.

Cocarel. Fade? Unpassendes Wort! Sagen Sie lieber, mein Hausarzt hat mir den Genuß des Thees verboten. Das ist die Sprache eines Weltmannes. (Rasch.) Alle Wetter! Das hätt' ich bald vergessen. (Er geht an den Tisch und nimmt ein Paar Handschuhe aus dem Tischkasten.)

Sylvain (auf- und abgehend — bei Seite). Das find' ich komisch. Er läßt Eis, Bonbons herumreichen und verbietet seinen Gästen das Zulangen.

Cocarel (kommt mit einem Paar weißer Handschuhe). Da sind Ihre Handschuhe.

Sylvain (verwundert). Handschuhe?

Cocarel. Gehen Sie schonend damit um, denn Sie müssen zwei Mal damit auskommen. Sie brauchen nur einen anzuziehen, den andern tragen Sie in der Hand. (Giebt ihm Geld.) Da sind auch Ihre fünf Francs.

Sylvain. Was? Fünf Francs?

Cocarel. Ist Ihnen das etwa nicht genug? Bitte, keine Debatte. Fünf Francs die Herren, und drei Francs die Damen — mehr gebe ich nicht. Das ist bei mir so eingeführt.

Sylvain (steckt das Geld in seine Tasche). Ja, wenn das hier so eingeführt ist. (Bei Seite.) Siebzehn Francs hab' ich noch — macht zweiundzwanzig. So kann ich nachher auf dem Opernball auch soupiren.

Cocarel (schließt den Tischkasten wieder). Sagen Sie dem Anatole, ich sei nicht gut auf ihn zu sprechen, er mache jetzt überspannte Anforderungen.

Sylvain. Anatole? Wer ist das?

Cocarel. Nun, Ihr Freund — der Strikemacher.

Sylvain. Kenn' ich nicht.

Cocarel. Nicht? Aber wer schickt Sie denn zu mir?

Sylvain. Mein Papa. Er ließ mich hierher kommen, und da bin ich nun.

Cocarel. Ach, ich begreife. Ihr Herr Vater möchte Sie gern verheirathen.

Sylvain. Weiß ich nicht.

Cocarel. Desto angenehmer werden Sie überrascht. Bitte tausend Mal um Verzeihung. Ich hielt Sie für einen meiner —

aber Sie sind so zu sagen einer meiner Mündel — der Sohn eines achtbaren Vaters, der Sie reich versorgt zu sehen wünscht.

Sylvain. Ja, eine reiche Versorgung wär' auch mein Wunsch. Papa ist zwar reich genug, aber etwas knickerig.

Cocarel. Ja, so sind die reichen Väter. (Er nimmt Sylvain den einen Handschuh, den dieser eben anziehen will, wieder weg.) Bitte, geben Sie mir meine Handschuhe wieder und meine fünf Francs.

Sylvain. Ach, die muß ich zurückgeben. (Giebt Cocarel den andern Handschuh und das Geld zurück — bei Seite.) Kuriose Soirée.

Cocarel. Bitte, Platz zu nehmen. — Ich trage Sie sogleich in mein Hauptbuch ein. Darin stehen die besten Parthien. (Er öffnet das Schloß des Buches mit einem auffallenden Geräusch.)

Sylvain. Das will geschmiert sein.

Cocarel. Darf ich um Vor= und Zunamen bitten?

Sylvain (bei Seite). Was kann mir das schaden? (Laut.) Sylvain Jerome Colladan.

Cocarel (den Ton verändernd). Abgemacht. — Darf ich um die fünf Louisd'or bitten?

Sylvain. Was? Fünf Louis—

Cocarel. Nur als Draufgeld.

Sylvain. Papa hat mich zu Ihnen bestellt, Papa kann auch bezahlen.

Cocarel. Wie Sie wollen. Da Ihr Herr Vater reich ist —

Sylvain. Wie gesagt, reich genug, aber etwas knickerig.

Joseph (von links). Herr Cocarel, die Herrschaften kommen.

Cocarel (schließt sein Buch zu). Die Damen sind da. Ich werde sie gruppiren.

Sylvain. Damen? Bitte, gruppiren Sie mich mit.

Cocarel (zu Sylvain). Kommen Sie! (Ab mit Sylvain durch den Hintergrund.)

Scene 4.

Joseph. (Später) Cordenbois.

Joseph (allein). Herr Cocarel hat gewiß heute Abend viel zu thun. Da kann ich mir auch ein paar Gläser Eis gönnen, mehrere Tassen Thee und Zubehör.

Cordenbois (außen). Schon gut, schon gut. (Er tritt aus der Thür im Hintergrunde auf. — Ball=Anzug: gestreifte Beinkleider, weiße Atlasweste, Busenstreif und Klapphut.)

Joseph. Sieh' da, der Fremde von heute Morgen. Ich melde es Herrn Cocarel. (Ab rechts.)

Cordenbois (geht aus dem Hintergrund vor). So. Da bin ich. (Sich betrachtend.) Von Kopf bis zu Fuß habe ich mir Alles aus dem Kleider=Magazin geliehen. — Alles ganz neu, bis auf zwei alte Fettflecke, die aber glücklich herausgegangen. Wenn das Fleckwasser nur nicht so stark röche. Ich habe mich über und über mit Eau de Cologne besprengt — (er riecht an einem Aermel) allein das Benzin duftet noch immer vor. — Vielleicht ist es eine Thorheit, daß ich hierher gekommen. Ach was! Das junge Mädchen, das in der Zeitung einen Mann gesucht, entweder ist sie hübsch oder — häßlich. Im letztern Falle kostet mir der Spaß die fünf Louisd'or, die ich Herrn Cocarel heute Morgen vorausbezahlen mußte; ist sie aber hübsch, so mach' ich ein glänzendes Geschäft, abgesehen von dem Glück, eine nette junge Frau heimzuführen. Denn man ist doch auch nicht von Marmor. Ich rechne so: sie hat 5000 Francs Renten, meine Apotheke bringt mir 4=, macht 9000, und wenn ich, um meine Frau zu beschäftigen, einen kleinen Parfümerie= und Spezerei=Handel damit verbinde, so verdiene ich 1000 Francs dazu, macht im Ganzen jährlich 10,000. Mehr Einkommen hat Champbourcy auch nicht, und dann schenk' ich der Gemeinde auch eine Spritze — zu seinem Aerger. Nur Eins ängstigt mich. Herr Cocarel sprach von einem Nebenbuhler, der ebenfalls zur Soirée kommt. Indeß: der Liebenswürdigste bleibt Sieger, sagte er. (Brüstet sich.) Ich denke also, mit dem kann ich es noch aufnehmen. (Den Ton verändernd.) Verwünschtes Benzin! Wie das wieder duftet! (Aergerlich.) Und dem Champbourcy werd' ich auch meine Meinung sagen. Mich zwei volle Stunden dort am Triumphbogen warten zu lassen, wie einen Narren. Ist das Freundschaft? Wenn man übereingekommen ist, das Eingeweide einer Sparbüchse gemeinschaftlich zu verzehren, wie darf da der Eine dahin, der Andere dorthin gehen? Das werde ich Champbourcy beibringen — heute Abend auf der Eisenbahn. Wir fahren ja mit dem letzten Zuge heim.

Scene 5.

Cordenbois. Cocarel. (Zuletzt) **Joseph.**

Cocarel (tritt schnell aus dem Hintergrund auf — für sich). Neun Uhr, und Fräulein Leonida noch nicht da. Ich begreife nicht! — (Bemerkt Cordenbois.) Ah, willkommen!

Cordenbois. Ich komme doch nicht zu spät?

Cocarel. Sie nicht, aber das Fräulein. (Ihn musternd.) Sehr gut. Die Weste hat Façon.

Cordenbois. Nicht wahr? Aufrichtig, mach' ich Figur?

Cocarel. Vortrefflich! Nur halten Sie sich etwas gerader — nicht so nach vorn.

Cordenbois. Das ist nicht meine Schuld — das macht das Schnüren — (sich schnell verbessernd) — das ist so meine Natur.

Cocarel (riecht umher). Was duftet denn hier so? Riechen Sie nichts?

Cordenbois. Nein, ich rieche gar nichts. (Bei Seite.) Verwünschtes Benzin! (Laut.) Vielleicht das Petroleum.

Cocarel. Nein, ich brenne kein Petroleum. Das ist zu commun.

Cordenbois. Sagen Sie, ist mein Nebenbuhler schon hier?

Cocarel. Ja, er promenirt in den Sälen.

Cordenbois. Bitte, zeigen Sie ihn mir.

Cocarel. Nein, das wäre indiscret von mir.

Cordenbois. Nun, so sagen Sie mir wenigstens, ist er ein schöner Mann?

Cocarel. Geschmackssache!

Cordenbois. Schöner als ich?

Cocarel. Ein wenig schlanker.

Cordenbois. Was ist er denn?

Cocarel. Ein Mann. Mehr zu sagen, verbietet mir die Discretion meiner Agentur.

Cordenbois. Sie thun ja, als handele es sich um ein Amtsgeheimniß. Hat er hier etwas? (Faßt sich in's Knopfloch.)

Cocarel. Einen Orden? Ein Bändchen? So wenig wie Sie.

Cordenbois. Ich dank' Ihnen. Doch Sie versprachen mir, mich zuerst vorzustellen.

Cocarel. Seien Sie unbesorgt. (Seine Uhr ziehend — bei Seite.) Schon ein Viertel auf zehn. Die ist sehr unpünktlich.

Joseph (kommt schnell von rechts; er trägt ein silbernes Brett mit Eis und Butterkuchen). Herr Cocarel!

Cocarel (schnell). Ist sie da?

Joseph (leise). Noch nicht. Aber Fräulein Amande hat sich erlaubt, ein Glas Eis zu nehmen. (Cocarel macht eine unwillige Geberde.) Sie meint, weil heute Fastnacht ist.

Cocarel (bei Seite). Unverschämte Person! Dich werd' ich

befastnachten. (Zu Cordenbois.) Entschuldigen Sie, mein Diener meldet mir soeben die Ankunft einer distinguirten Person. (Schnell ab durch den Hintergrund rechts.)

Scene 6.

Cordenbois. Joseph. (Später) **Champbourcy. Colladan. Blanche** (und) **Leonida.**

Cordenbois (bei Seite). Noble Gesellschaft hier — und wie discret er ist!

Joseph (präsentirt sein Brett). Eis gefällig?

Cordenbois. Ja, Vanille-Eis. (Nimmt ein Glas — bei Seite.) Das dämpft vielleicht den Benzingeruch. Ich getraue mich gar nicht in den Saal — vielleicht kann ich ihn von der Thür aus entdecken, meinen Nebenbuhler. (Er geht mit seinem Glas an die Thür im Hintergrund, bleibt einen Augenblick da stehen und geht dann vorläufig ab.)

Joseph (bei Seite). Niemand da. So kann ich auch ein Gläschen Eis schlucken. (Er geht auf die rechte Seite und löffelt Eis.)

Champbourcy (kommt aus der Thür links und spricht nach außen). Nur geschwind herein und geschwind die Thür zu. (Die Andern gehen an ihm vorbei.)

Colladan (schnell auftretend, begleitet von Blanche und Leonida). Glücklich herein!

Joseph (bei Seite). Wer sind denn die da? (Fortwährend Eis löffelnd.)

Champbourcy (leise). Seid Ihr auch sicher, daß man uns nicht verfolgt?

Colladan (leise). Da müßten wir nicht so gelaufen sein.

Leonida. Reizende Art, so zu einer Soirée zu gehen.

Champbourcy (leise). Zanke nicht. Danke Du dem Himmel, daß wir hier in Sicherheit sind.

Leonida. Wenn ich mich nur nicht erkältet habe in der Abendluft.

Blanche (bemerkt den Kamin). Ach, da ist Feuer. (Sie geht mit Leonida an den Kamin. Beide setzen sich.)

Champbourcy. Endlich sind wir ihrer ledig.

Joseph (bei Seite). Ach, die sind noch ledig — also Kunden von uns.

Colladan. Wenn ich nur etwas zu essen hätte. Seit dem Frühstück hungern wir. (Er geht auch an den Kamin.)

Champbourcy (halblaut). Wovon bezahlen? Sie haben uns ja nichts gelassen, als unsere Taschentücher.

Joseph (nähert sich). Ist's gefällig?

Champbourcy (bemerkt das Brett). Bitte, Butterkuchen.

Collaban. Butterkuchen!

(Leonida und Blanche stehen auf, während Champbourcy Butterkuchen vom Brett nimmt und sie, hinter Joseph's Rücken, an Collaban giebt. Collaban reicht sie weiter an Leonida, diese die Butterkuchen weiter an Blanche. Collaban steckt sich die Taschen voll. Alle essen.)

Champbourcy (zu Joseph). Sagen Sie doch Herrn Cocarel, ich sei da, ich, der Rentier Champbourcy.

Leonida. Mit seiner Schwester Leonida.

Collaban. Und dem Pächter Collaban.

Joseph (bei Seite). Bauernvolk! (Laut.) Ich melde Sie sogleich. (Er will gehen.)

Collaban (nähert sich ihm schnell). Bitte, das Brett lassen Sie hier.

Joseph. Das darf ich nicht; ich muß es weiter reichen. (Er geht mit dem Brett in den Hintergrund — für sich.) Wenn die so viel Geld haben, wie Appetit. (Ab.)

Collaban. Hoffentlich kommen wir nachher wieder an die Reihe. (Er gruppirt sich mit den Andern am Kamin.)

Cordenbois (kommt von rechts — bei Seite). Fataler Duft! Drin im Saal wollt' ich Einen anreden; er kam mir zuvor mit den Worten: Das ist ja ein eigenthümliches Parfüm. Verwünschtes Benzin!

Champbourcy (bemerkt jetzt Cordenbois). Ha, der Apotheker!

Cordenbois. Champbourcy!

Die Andern. Cordenbois!

Champbourcy. Sie hier? Kennen Sie Herrn Cocarel?

Cordenbois (verlegen). Ja wohl — ein alter Freund von mir — wir kennen uns schon seit — wer weiß wie lange.

Champbourcy. Auch mein Freund.

Cordenbois. Aber ist das freundschaftlich von Ihnen? Wir verabreden uns, die Sparbüchse gemeinsam zu verklopfen, und Sie lassen mich allein in der Irre.

Champbourcy. Was? Auch noch Vorwürfe? Hören Sie, Herr Apotheker, darauf war ich nicht gefaßt.

Leonida. Das nenne ich rücksichtslos.

Cordenbois. Aber, mein Fräulein —

Champbourcy. Es giebt Leute, falsche Freunde — Meister in der Kunst, sich im Augenblick der Gefahr unsichtbar zu machen.

Colladan. Sie kriechen unter den Tisch.

Cordenbois. Was soll das heißen?

Champbourcy. Ich frage Sie, Pylades, hätte er wohl so gehandelt an seinen unzertrennlichen Freund und Gefährten Orest? Nie!

Cordenbois. Ich verstehe Sie nicht.

Champbourcy. Red' ich denn Lateinisch, Apotheker-Latein? Herr, stellen Sie sich nicht unwissender, als Sie sind.

Cordenbois (aufbrausend). Kommandant! Keine Beleidigung!

Champbourcy. Verklagen Sie mich, wenn Sie die Courage haben.

Cordenbois (heftig). Herr, ich war Student — ich werde die Courage haben, Sie zu fordern auf krumme Säbel!

Champbourcy. Auf krumme oder gerade — ich stehe zu Diensten!

Leonida (in Angst). Aber Bruder! — Herr Cordenbois!

Blanche (ebenso). Aber Papa, lieber Papa!

Colladan (beschwichtigend). Freunde — bester Kommandant — liebster Apotheker, so sein Sie doch vernünftig!

Cordenbois (zu Colladan). Was muthen Sie mir zu? Ist das Lebensart, mich zwei volle Stunden am Triumphbogen vergebens warten zu lassen?

Champbourcy. So? Dann kann ich nur bedauern, daß der Anblick dieses der Gloire und dem Muthe unserer großen Nation geweihte Monument nicht würdigere Gefühle in Ihnen wachgerufen —

Cordenbois (ihn heftig unterbrechend). Herr Kommandant!

Champbourcy (ebenso). Sie provociren mich. Gut! Colladan, Sie sind mein Sekundant!

Colladan. Warum nicht gar? (Er tritt zwischen Beide.) Als Ihr beiderseitiger Freund rath' ich Ihnen — keinen Bürgerkrieg zwischen zwei Landsleuten. Denken Sie an die frohen Abende, die wir friedlich zusammen verlebten — reichen Sie einander die Hand zur Versöhnung.

Blanche. Ach ja, Papa!

Leonida. Lieber Herr Cordenbois!

Cordenbois. Mein Fräulein, vorhin hießen Sie mich rücksichtslos.

Leonida. Ich nehm' es zurück.

Cordenbois. Gut. Ich begnüge mich mit dieser Satisfaktion. Kommandant, da ist meine Hand. Schlagen Sie ein!

Champbourcy (reicht Cordenbois die Hand). Lieber hätt' ich mich geschlagen! Doch auf die Bitten meiner Familie — (Schüttelt Cordenbois die Hand.)

(Blanche und Leonida setzen sich wieder an den Kamin.)

Cordenbois. Nun lösen Sie mir aber doch das Räthsel Ihres Ausbleibens am Triumphbogen.

Champbourcy. Wir waren vom Sturm verschlagen. Corsaren so zu sagen beraubten uns unserer persönlichen Freiheit.

Colladan. Die Uhr und der Meißel brachten uns in schwarzen Verdacht. Denken Sie sich, die Uhr sollte gestohlen sein, der unschuldige Meißel ein Stemmeisen — ein Diebes=Werkzeug!

Cordenbois. Ist es möglich?

Colladan. Ja, bei diesen Polizisten ist nichts unmöglich. Auf's Depot wollten Sie uns bringen!

Cordenbois. Auf welches Depot denn?

Champbourcy. Wo man die Spitzbuben aufbewahrt. Alle Vier wurden wir in einen Fiaker gepackt.

Colladan. Der Polizist setzte sich zur Sicherheit auf den Bock, neben den Kutscher.

Cordenbois. Das ist ja erschrecklich!

Champbourcy. Aber Männer von Muth, faßten wir im Wagen einen verwegenen Gedanken — den Entschluß, zu entfliehen.

Colladan. Nachdem wir schon vergeblich versucht, auszubrechen, Dank meiner Hacke!

Champbourcy. Wie der Graf von Monte=Christo, aber leider nicht so glücklich als Ausbrecher!

Cordenbois (ganz erstaunt). Ich faß' es nicht!

Champbourcy. Schade, daß Sie nicht mit dabei gewesen. Man hätte Sie auch gefaßt. Das Schicksal war Anfangs gegen uns in Gestalt einer verhängnißvollen, tückischen Lärmglocke. Doch zum Glück ist heute Fastnacht, wo die Narren ihre Carnevals=Fahrten machen. Unser Wagen kam dort auf dem Boulevard in's Gedränge. „Wollt Ihr wohl Schritt fahren!" schrien hundert Fußgänger. „Der Maskenzug kommt." Wir hörten Trompeten schmettern, hörten rufen: „Hoch Prinz Carneval!" Der Wagen soll still halten, bis der Maskenzug vorüber. Das will der Polizist nicht. Er heißt den Kutscher drauflos fahren. Da fallen einige Masken in die Zügel, andere schreien: „Maskenfreiheit!" und wollen den Polizisten vom Bock reißen. Es entsteht ein Tumult. Ich öffne geschwind den

Wagenschlag, und im Nu sind wir alle Vier zur Kutschenthür hinaus. „Haben die Angst!" schrien mehrere umstehende Harlekins. Sie geben uns eins mit ihrer Pritsche und steigen flink in den von uns geräumten Wagen, während wir Vier in der Menge verschwinden. So wurden wir frei.

Colladan. Indeß die Harlekins in's Gefängniß fuhren. (Alle brechen in lautes Lachen aus.)

Champbourcy. Rührende Erkennungs=Scene dort!

Colladan. Und der Polizist, ich danke für die Nase, die er bekommt.

Cordenbois. Unglaublich!

Colladan. Aber wahr! (Sich den Rücken reibend.) Ich glaube, ich habe blaue Flecke von der Pritsche. (Den Ton verändernd, indem er riecht.) Element! Wonach duften Sie denn so? (Geht an den Kamin.)

Champbourcy (bei Seite). Also er ist das Bisamthier. (Er folgt Colladan an den Kamin.)

Cordenbois. Immer noch! (Bei Seite.) Ich muß mir noch eine Flasche Eau de Cologne verschaffen, um mich zu begießen. (Ab durch den Hintergrund rechts.)

Blanche (am Kamin). Papa, ich habe solchen Durst!

Colladan. Ich auch, nach dem Butterkuchen. Kommen Sie mit, ich werde schon etwas auftreiben. (Arm in Arm mit Blanche ab durch den Hintergrund.)

Scene 7.

Champbourcy. Leonida. (Später) Cocarel.

Leonida. Wir werden Herrn Cocarel sehen!

Champbourcy. Ich bin neugierig, diesen Menschenfreund kennen zu lernen!

Leonida. Ich bin wohl schlecht frisirt? Nicht wahr?

Champbourcy. Nein — nur Deine Schuhe sind ganz bestaubt. Halt' mal still. (Er zieht sein Taschentuch und läßt dabei ein kleines Kalkstück aus der Tasche fallen.)

Leonida. Was ist das?

Champbourcy. Ein Steinchen aus jener Kerkerwand. (Er stößt das Steinchen mit dem Fuße weg und bückt sich, um Leonida die Schuhe abzustäuben — bei Seite.) Was ich dazu thun kann, sie los zu werden — aber ich fürchte —

Cocarel (kommt aus der Mittelthür im Hintergrund). Da sind Sie endlich!

Champbourcy. Oh! (Er trocknet schnell das Gesicht mit dem Tuch, um sich ein anderes Ansehen zu geben.)

Cocarel. So eben meldete man mir Ihre Ankunft.

Champbourcy (sich verstellend). Theophile Champbourcy, Rentier und Kommandant.

Cocarel (sich verbeugend). Sehr erfreut. (Leonida betrachtend, für sich.) Gewiß die Mama. (Laut.) Wo ist die junge Dame?

Champbourcy. Wer denn?

Cocarel. Nun, die schöne Leonida!

Leonida (schlägt die Augen nieder). Sie steht vor Ihnen.

Cocarel (unwillkürlich herausfahrend). Ach was!

Leonida. Beliebt?

Cocarel. O nichts!

Champbourcy (bei Seite). Geschieht ihr ganz recht. Ich fürchte, wir kommen umsonst.

Cocarel (bei Seite). Nach ihrer Beschreibung macht' ich mir ein anderes Bild.

Champbourcy. Sagen Sie offen heraus, ich bin darauf gefaßt — nicht wahr, es geht nicht?

Leonida (empfindlich). Was?

Cocarel (sehr artig). Nicht doch! Das sage ich nicht. Das Fräulein scheint mir noch liebenswürdig genug, um ein Herz zu gewinnen.

Champbourcy. Meinen Sie das wirklich?

Leonida (auffahrend). Theophile!

Champbourcy. Laß mich. Wozu Geld ausgeben für bloße Schmeicheleien? Ich frage Sie, würden Sie zum Beispiel sie heirathen?

Cocarel. Warum nicht? Wenn die Umstände —

Champbourcy (ihn unterbrechend). Die Vermögens-Umstände? Ach so!

Leonida. Theophile! Ich weiß nicht, zu was Du Dich dahinein mengst?

Champbourcy. Nun, mir kann's recht sein. Dann habe ich weniger Zank und Aerger im Hause.

Leonida. Theophile, Du sprichst wie ein Stiefbruder!

Champbourcy. Nur die Wahrheit.

Leonida. Impertinent wie immer!

Cocarel (auf- und abgehend). St! Bitte!

Leonida. Glauben Sie ihm nicht.

Champbourcy. Mit nichts ist sie zufrieden — launig wie der April, obgleich sie im Maimonat geboren!

Cocarel. Nicht so laut. Wenn das Jemand hört —

Champbourcy. Jemand? Ach, wohl der Unglückliche, der auf sie spekulirt?

Cocarel. Ich habe zwei —

Leonida (erfreut). Zwei! Nun, die will ich mir doch ansehen. (Will gehen.)

Cocarel. Einen Augenblick, mein Fräulein! Ihre Toilette —

Leonida. Was?

Cocarel. So wollen Sie doch nicht zum Ball?

Leonida. Ja, Du mein Himmel! Ich habe doch kein ausgeschnittenes Kleid!

Champbourcy (schlägt auf seine Taschen). Ja, und ich brauche nur in die Tasche zu greifen — (bedeutsam) in die volle — das weißt Du —

Cocarel. Nur ruhig, ich bin mit Allem versehen. Bitte, führen Sie gefälligst das Fräulein in die Garderobe (deutet auf die Thür links) — dahinein — fragen Sie dort nur nach Luise, meiner Ankleiderin, die wird Sie ausstaffiren nach der neuesten Mode.

Champbourcy (der ärgerlich in den Hintergrund gegangen, kommt wieder vor). Herr Cocarel, wenn Sie mir die an den Mann bringen, Ihr Schaden soll es nicht sein. Ich gebe ihr noch 20,000 Francs zur Aussteuer.

Leonida (empfindsam). Theophile, jetzt sprichst Du wie ein ächter Bruder.

Champbourcy. Aber es wird schwer halten.

Cocarel. Mit 120,000 Francs! Ich habe ja doch für 50,000 eine Schwarze verheirathet an einen Weißen. Sein Sie außer Sorgen. Die Toilette macht sehr viel!

Champbourcy. Nun schnell zur Ankleiderin. Auch ich verschönerte mich gern. (Links ab mit Leonida.)

Scene 8.

Cocarel. (Später) **Sylvain** (und) **Colladan.** (Zuletzt) **Cordenbois.**

Cocarel (allein — sieht den Beiden nach). Kein Prachtexemplar! Indeß mit 120,000 Francs. (Bemerkt das Steinchen, das Champbourcy vorhin aus der Tasche hat fallen lassen.) Was ist denn das? Ein Stück Kalk. (Er hebt das Steinchen auf und sieht nach der Decke oben — ängstlich.) Sie arbeiten doch jetzt zu schlecht. (Er steckt das Steinchen in die Tasche.) Das ist gewiß aus der Rosette losgebröckelt.

Sylvain (kommt aus dem Hintergrund, seinen Vater an der Hand). Komm nur, er wünscht Dich zu sehen.

Cocarel (am Tisch links, wendet sich um). Ah!

Sylvain. Da ist Papa.

Cocarel. Mein Herr! Zunächst meinen besten Dank für Ihr mich ehrendes Vertrauen.

Colladan. Man sagte mir, ich könnte ohne Umstände kommen.

Cocarel. Gewiß! Mein Haus steht allen Familien-Vätern offen. (Zeigt auf Sylvain.) Ich plauderte schon mit dem jungen Mann — er gefällt mir sehr.

Colladan. Noch ein Bischen unbeholfen, aber sonst ein guter Junge.

Cocarel. Oh, wir werden schon eine hübsche und gute Frau für ihn finden.

Colladan. So wollten Sie wirklich die Gefälligkeit haben?

Cocarel. Nichts als Schuldigkeit.

Colladan. Bedanke Dich doch bei dem lieben Herrn.

Sylvain (geht zu Cocarel). Danke schön, Herr Cocarel! Wissen Sie, drin im Saale sah ich eine hübsche Brünette, die Andern nannten sie Fräulein Amande — so Eine könnte mir gefallen.

Cocarel (bei Seite). Die Eisnäscherin. (Laut.) Sie haben die Auswahl; doch nehmen Sie Platz.

Colladan. Werde so frei sein. (Er setzt sich, Sylvain gleichfalls.)

Cocarel. Sie treffen es sehr gut, finden augenblicklich die beste Gelegenheit. Warten Sie, ich will gleich nachsehen im Hauptbuch. (Er öffnet das Schloß mit dem früheren auffälligen Geräusch.)

Colladan (zu Sylvain). Zu was dieser Aufschluß?

Sylvain. Weiß ich nicht.

Colladan (bei Seite). Das Brett kam mir wieder in den Wurf mit den Butterkuchen. (Er zieht einen Kuchen aus der Tasche und ißt ihn.)

Cocarel (in das Buch sehend). Ich lese mit Absicht keine Namen. Sie begreifen, strenge Verschwiegenheit ist die Seele meines Geschäfts. Nummer 2403. Vielleicht eine Glücksnummer für Sie.

Colladan (bei Seite). Ganz wie ein Lotterie-Collecteur. (Laut.) Hören Sie, sind das Alles Partien in Ihrem dicken Buch da?

Cocarel. Und gute Partien. (Liest.) 2403 — funfzigtausend Francs Mitgift.

Colladan. Eigentlich möchte ich mehr.

Sylvain. Ich auch.

Cocarel. Nur ein wenig Geduld. (Er blättert in seinem Buch.)

Colladan (will einen Kuchen aus seiner Tasche nehmen und bringt einen kleinen Stein zum Vorschein — bei Seite). Das ist ja steinhart — ein Stückchen Kuchen? Nein, ein Stückchen Kalk. Ja, wie kommt denn das in meine Tasche? (Sich plötzlich besinnend.) Ach, aus dem Kerkerloch. (Er läßt das Steinchen auf den Fußboden fallen.)

Cocarel. Nummer 9827. Achtzigtausend Francs Mitgift.

Colladan. Hm! Die wär' mir lieber.

Cocarel (liest in dem Buche). Ausgezeichnete Gesundheit — heiteres Wesen — wenn es gewünscht wird, auch musikalisch — spielt Klavier.

Colladan. Ach, auf das Geklimper geben wir nicht viel.

Cocarel (kommt zu ihnen). Doch, um nichts zu verschweigen, muß ich bemerken, sie hat ein Auge —

Sylvain (ihn unterbrechend). Sie schielt wohl? Sieht mit dem einen Auge rechts, mit dem anderen links?

Cocarel. Nein, sie hat überhaupt nur eins.

Sylvain. Ach, eine Einäugige.

Cocarel. So etwas läßt sich am Ende nicht verbergen, darum sag' ich es Ihnen lieber vorher.

Colladan. Ach was! Auf die Augen geben wir auch nicht viel.

Sylvain (steht auf). Doch! O doch, Papa!

Colladan (steht auf). Sei nicht närrisch, Junge. Manchmal sieht man mit einem Auge so gut als mit zweien.

Cocarel (wie durchblitzt). Halt. Ich kann Ihnen noch etwas Besseres anbieten — eine reizende Frau.

Sylvain. Eine Brünette?

Cocarel. Und eine schöne Seele. Die Blüthenzeit ihres Lebens opferte sie der Pflege eines gichtkranken, mürrischen Greises.

Colladan. Uns auch egal.

Sylvain. Ich leide nicht an Rheumatismus.

Cocarel. 120,000 Francs Mitgift.

Colladan. Das wäre was für uns.

Sylvain. Ja, Papa.

Cocarel (bei Seite). Der Dritte, den ich der schönen Leonida offerire.

Colladan. Hören Sie, ich möcht' Ihnen einen Vorschlag machen.

Cocarel. Bitte.

Colladan. Mein Junge soll die Eine mit den 80,000 Francs nehmen.

Sylvain. Die Einäugige?

Colladan. Ja, die Einäugige! Und ich freie um die Andere, um die mit den 120,000 Francs.

Cocarel. Sie?

Sylvain. Aber Papa! Mir eine Stiefmutter in Deinem Alter?

Colladan. Das ist meine Sache, dummer Junge.

Cocarel (bei Seite). Das giebt am Ende eine Doppel=Heirath — Vater und Sohn. (Laut.) Ich schreibe Sie sogleich ein. (Er geht an sein Pult.)

Colladan. Ja, schreiben Sie uns ein.

Cocarel (kommt zurück). Macht zehn Louisd'or.

Colladan (erstaunt). Zehn Louis? Wofür?

Cocarel. Fünf für Sie, fünf für Ihren Herrn Sohn.

Colladan. Hoho! Erst das Geschäft, dann die Provision. Wie werd' ich denn die Kätzchen kaufen im — ? Nein, erst sehen.

Cocarel. Bitte, erst das Angeld.

Colladan. Erst sehen!

Cocarel. Das ist nicht Sitte bei mir.

Colladan. Nun, dann wird nichts aus meiner Heirath.

Sylvain. Und aus meiner, Papa?

Colladan. Noch weniger.

Cocarel. Sie werden's bereuen. (Er schließt sein Buch zu.)

Sylvain (leise). Papa, biete ihm acht Louis.

Colladan (leise). Ich habe ja nichts bei mir. Alles zum Kukuk, das ganze Spargeld.

Sylvain (bei Seite). Und mein Monatsgeld, auf das ich blos hier gewartet? Jetzt mach' ich, daß ich fortkomme — auf den Opernball. (Ab durch den Hintergrund.)

Cordenbois (kommt von rechts). Ich störe doch nicht?

Cocarel. Ganz und gar nicht.

Colladan (bei Seite). Wie mich dürstet — nach dem Butterkuchen. Ich muß wieder an die Quelle.

Cocarel (leise zu Colladan). Ueberlegen Sie sich's. 120,000 Francs Mitgift!

Colladan (ebenso im Abgehen). Erst sehen! Dabei bleibt's. (Cocarel begleitet ihn. Colladan sieht, wie im Nebensaale Joseph das Brett herumreicht. Aufathmend.) Ach, da ist das Brett? Sie, junger Mann da! (Schnell ab durch den Hintergrund.)

Scene 9.

Cocarel. Cordenbois.

Cocarel (bei Seite). Vielleicht besinnt er sich noch —

Cordenbois. Nun, ist sie da?

Cocarel. Ja wohl.

Cordenbois. Sie haben sie schon gesprochen? Ist sie blond? Ich schwärme für die Blondinen.

Cocarel. Sie bekommt keine 100,000 Francs mit — (Cordenbois stutzt) sondern 120,000.

Cordenbois. Desto besser! Je mehr, je lieber!

Cocarel. Aber eine Blondine ist sie nicht, sondern eine Brünette.

Cordenbois. Gleich viel! Was frag' ich nach der Farbe?

Cocarel (findet das vorher von Colladan hingeworfene Kalkstückchen und hebt es auf). Schon wieder! (Er sieht von Neuem ängstlich nach der Decke oben — bei Seite.) Nein, solche nichtsnutzige Arbeit!

Cordenbois (geht zu ihm). Was haben Sie?

Cocarel (für sich). Schon das zweite. (Er steckt das Kalkstückchen in die Tasche.)

Cordenbois. Ich brenne vor Ungeduld. Bitte, stellen Sie mich ihr vor, der Blond — (sich rasch verbessernd) Brünette.

Cocarel. Warten Sie hier. Sie soll allein hierher kommen.

Cordenbois. Wann?

Cocarel. In der Minute. Ich sorge dafür, daß Sie ungestört bleiben bis — (sich unterbrechend) aber was das für ein Duft hier!

Cordenbois. Beeilen Sie sich.

Cocarel. Halten Sie sich nur recht gerade. (Im Abgehen für sich.) Ich wünschte, sie wäre kurzsichtig. (Ab rechts.)

Scene 10.

Cordenbois. (Später) **Leonida.** (Zuletzt) **Cocarel.**

Cordenbois (allein). Der Leibgurt preßt so — ob ich ihn lieber abnehme? Nein, sie könnte gleich kommen. Schöne Ueberraschung! — Es ist eigen, mir klopft das Herz vor — wenn es nicht von dem Gurt kommt. (Richtet sich möglichst gerade.) Der erste Eindruck ist vielleicht entscheidend. Ob meine Locken noch in Ordnung? (Zieht eine kleine Taschenbürste mit einem Spiegelchen und besieht sich in Letzterem.)

Leonida (kommt von links in Balltoilette, ohne Cordenbois gleich zu sehen — bei Seite). Herr Cocarel sagte mir, hier würde ich den jungen Mann treffen. Ach, wie mir das Herz schlägt! (Bemerkt Cordenbois — bei Seite.) Ach, Herr Cordenbois! Der ist hier überflüssig!

Cordenbois (bemerkt Leonida — bei Seite). Leonida! (Aergerlich.) Muß die auch gerade kommen.

Leonida (bei Seite). Wie bekomm' ich ihn fort?

Cordenbois (bei Seite). Wie werd' ich sie los? (Laut.) Mein Fräulein, Ihr Bruder fragte so eben nach Ihnen. Er sucht Sie dort. (Zeigt nach links.)

Leonida (bei Seite). Mir kommt da ein Gedanke. (Laut.) Es ist wohl nicht recht schicklich, als Mädchen allein dort einzutreten. Darf ich um Ihren Arm bitten?

Cordenbois. Mit Vergnügen.

Leonida (bei Seite). Ich laß' ihn dort und eile wieder hierher.

Cordenbois (bei Seite). Dort entwisch' ich ihr, sie weiß nicht wie. (Laut.) Mein Fräulein! (Er bietet ihr galant den Arm und geht mit ihr durch den Hintergrund links ab. Sobald Beide hinaus, tritt Cocarel von rechts auf.)

Cocarel (im Auftreten). Nun, wie steht's? Was, Niemand hier! Wo sind sie denn? (Er geht schnell durch die Mittelthür ab. In demselben Augenblick treten Cordenbois und Leonida wieder auf, er durch die Thür links, sie von rechts.)

Leonida (von links). Dem Himmel sei Dank!

Cordenbois. Glücklich entwischt!

Leonida (ihn bemerkend). Sie hier?

Cordenbois (ebenso). Schon wieder!

Cocarel (kommt aus der Mittelthür zurück). Ah, da sind Sie ja.

Scene 11.

Cordenbois. Cocarel. Leonida.

Cocarel (tritt lächelnd zwischen Beide). Nun, hab' ich es gut gemacht?
Leonida. Was?
Cordenbois. Beliebt?
Cocarel (zu Leonida). Er ist es. (Zu Cordenbois.) Sie ist es!
Cordenbois. Leonida?
Leonida (enttäuscht). Den Apotheker — den mag ich nicht!
Cordenbois (ebenso). Ich danke gleichfalls.
Leonida. Wir sind ja alte (sich rasch verbessernd) gute Bekannte.
Cocarel. Was Sie sagen!
Cordenbois. Ja, seit zwanzig Jahren schon machen wir unsere Spielparthie.
Leonida. Und seinetwegen lassen Sie mich nach Paris kommen?
Cordenbois. Geben Sie mir meine fünf Louisd'or wieder.
Cocarel (sie beruhigend). Nur nicht so heftig — ein wenig Geduld — ich habe noch andere schöne Parthien in meinem Buch.
Cordenbois (hitzig). Daß ich ein Narr wäre! Herr, ich wünschte, die Polizei confiscirte Ihr Buch und Sie dazu! (Rasch ab durch den Hintergrund rechts.)
Leonida. Ich reise augenblicklich ab. Hätt' ich nur erst mein Kleid zurück!
Cocarel. Aber so hören Sie doch! Der zählt gar nicht mit, dagegen der Andere, von dem ich Ihnen schrieb, ein höherer Beamter — er ist hier.
Leonida (den Ton verändernd). Wirklich?
Cocarel. Ein reizender junger Mann, Sie sollen sehen, ich führ' ihn gleich her. (Ab durch den Hintergrund.)

Scene 12.

Leonida. (Später) Cocarel (und) Béchut (im Ballanzug).

Leonida (allein). Ein reizender junger Mann. Ach, so darf ich noch hoffen, daß ich doch nicht vergebens gekommen! Wenn nur der Aerger mit dem Apotheker meinem Aussehen nicht geschadet. (Tritt vor den Spiegel am Kamin und ordnet ihren Putz.)

Cocarel (kommt mit Béchut aus dem Hintergrund — leise). Nur beherzt. Da steht sie.

Béchut (den Blick auf Leonida, die ihm den Rücken zukehrt — leise). Schöne Figur!

Cocarel (leise). Und 120,000 Mitgift. Ich lasse Sie allein mit ihr. Machen Sie Ihr Glück. (Ab rechts.)

Scene 13.
Leonida. Béchut.

Béchut (galant). Mein Fräulein.

Leonida (die Hand auf's Herz legend — bei Seite). Er ist da. (Dreht sich um.)

Béchut. Gesegnet sei der Zufall, der mich hier mit Ihnen zusammen führt.

Leonida (schmelzend). Ja, dieser Zufall, auch mir scheint er hold. (Sie erkennt ihn — erschrocken — bei Seite.) Himmel! Der Herr von der Polizei. (Sie dreht ihm halb den Rücken zu.)

Béchut. Was ist Ihnen?

Leonida. O nichts — nichts. (Zupft an ihrem Kleide.)

Béchut (bei Seite). Kann mir denken, die Gemüthsbewegung verrieth sich in ihrem Gesicht. Sehr interessant; aber mir ist, als hätt' ich sie schon einmal gesehen. (Laut.) Verzeihen Sie, verehrtes Fräulein, waren Sie nicht gestern in der italienischen Oper? (Bei Seite.) Ich hatte ein Freibillet.

Leonida (sich halb umdrehend — schüchtern). Ach nein, das war ich nicht. (Bei Seite.) Zum Glück erkennt er mich nicht.

Béchut. Mein Fräulein, wenn ich auch nicht die Ehre habe, von Ihnen gekannt zu sein, ich kenne Sie desto besser.

Leonida (bestürzt). Nein, nein, Sie irren sich! (Steht mit gesenkten Augen.)

Béchut. Ich weiß, Sie opferten Ihre schönsten Jahre der Pflege eines kränklichen alten Murrkopfs. (Bei Seite.) Kein Zweifel, ich habe sie schon gesehen. Aber wo?

Leonida (mit gedämpfter Stimme). Was ich gethan, verdient kein Lob — es war nur meine Pflicht. (Bei Seite.) Könnt' ich nur fort!

Béchut. Darf ich fragen, mein Fräulein, ob Sie vielleicht vorgestern im Vaudeville-Theater gewesen? Ich war dort — (bei Seite) auf ein Freibillet.

Leonida (immer die Augen niedergeschlagen und die Stimme gedämpft). Ich nicht — mein Herr — gewiß nicht. Ich komme selten in's Theater.

Béchut. Ich desto öfter. Doch halten Sie mich deshalb nicht für einen Verschwender. Mein Amt bringt das so mit sich.

Leonida (wie vorhin). Ihr Amt?

Béchut. Ja, die Polizei hat freien Eintritt — (bedeutsam) auch für Frau und —

Leonida (bei Seite). Die Polizei. Wie komm' ich fort? (Laut.) Entschuldigen Sie, daß ich schon versprochen —

Béchut (rasch einfallend). Versprochen? Sie sind schon versprochen? Mit einem andern Schützling des Herrn Cocarel? (Bei Seite.) So ein Schwindler.

Leonida (wie vorhin). Ja, für den Walzer. (Zieht sich in die Nähe des Kamins zurück, um von da die Thür im Hintergrunde links zu gewinnen.)

Béchut (aufathmend). Nur für den Walzer? (Bei Seite.) Also nicht verlobt. Aber gesehen muß ich sie schon haben — wüßt' ich nur wo?

Scene 14.

Die Vorigen. Champbourcy. (Später) Colladan.

Champbourcy (kommt links aus dem Hintergrunde auf Leonida zu — leise). Nun, wie stehen Deine Heiraths-Actien? (Leonida macht eine verzweifelte Geberde.) Schlecht? Geschieht Dir recht. (Dreht ihr den Rücken und geht hinten auf und ab.)

Béchut (wendet sich zu Leonida). Mein Fräulein, waren Sie nicht am Sonntag im — (sieht jetzt erst Champbourcy, ihn wiedererkennend) Ha!

Champbourcy (Béchut wiedererkennend). Blitz! Der Polizei-Sekretair! (Leonida geschwind ab durch den Hintergrund, Champbourcy ihr eilig nach — ab.)

Béchut. Er ist es! Ach, jetzt besinn' ich mich. Und die hier auf der Soirée? (Geht in den Hintergrund links.)

Colladan (kommt aus dem Hintergrund links). Wo nur der Mensch mit dem Brett hin?

Béchut (mit Colladan zusammenprallend und ihn wiedererkennend). Ha! Der Andere auch!

Colladan (Béchut wiedererkennend). Der Präsident! (Er macht Kehrt und rennt durch den Hintergrund ab.)

Scene 15.

Béchut. (Später) **Cocarel** (und) **Joseph.**

Béchut (allein). Das sind sie! Die ganze Bande hier beisammen. Ihr böser Engel führte mich hierher. Geschwind die Wache geholt — (schreiend) die Wache, die Wache! (Will abgehen.)

Cocarel (kommt von rechts). Die Wache? Wozu? (Joseph, hinter Cocarel auftretend, bleibt an der Thür stehen.)

Béchut (heftig). Das fragen Sie noch? Herr, wollen Sie noch den Unschuldigen spielen, nachdem Sie die Stirn gehabt, mich mit dieser Bande zu Ihrer Soirée zu laden? Ich hole die Wache. Sie werden mit arretirt, Herr Heiraths-Agent! (Auf das verschlossene Buch zeigend.) So ein Schwindel! Der Schlüssel zu dem Raubschloß da — wo?

Cocarel (ganz verblüfft — zieht den Schlüssel aus der Tasche). Hier.

Béchut (ihm den Schlüssel aus der Hand nehmend). Kommt zu den Acten, der Herr Heiraths-Agent auf die Anklagebank! Falsche Vorspiegelungen für fünf Louisd'or und wer weiß wieviel Procent, das ist Betrug! Im Namen des Gesetzes, Sie haben Haus-Arrest, bis ich wieder da mit der Wache. (Im Abgehen.) Ein Glück für Familie und Staat, daß die Polizei hinter diesen Schwindel gekommen! (Ab durch den Hintergrund.)

Joseph (der bis jetzt an der Thür stillgestanden — für sich). Hat lange genug gedauert. (Geht vor.) Ich fürchte, es hat Sie Einer denuncirt. (Lustige Tanzmusik erklingt hinter der Scene.)

Cocarel (ganz bestürzt). Wer? Wer? (Wie durchblitzt.) Ach, gewiß der Apotheker!

(Der Vorhang fällt rasch.)

Fünfter Akt.

(Eine Straße. Im Hintergrunde rechts ein Gebäude, im Bau begriffen, unten durch einen Bretterzaun abgeschlossen. Vorn links im Erdgeschoß ein Krämerladen und gegenüber ein Obstladen. Rechts unter dem Parterrefenster eine Bank.)

Scene 1.
Tricoche. Frau Chalamel.

(Beim Aufgehen des Vorhanges bricht der Tag an. Tricoche ist so eben dabei, seinen Laden zu öffnen. Man hört aus der Ferne hinter der Scene Trompetenschall.)

Tricoche (in seiner Ladenthür). Sind die Nachtschwärmer, die Fastnachtschwärmer toll mit ihrem Geblase? Ordentliche Leute so im Schlaf zu stören!

Frau Chalamel (öffnet ihre Ladenthür). Guten Morgen, Herr Nachbar! (Sie bringt einen großen Korb mit Eiern aus ihrem Laden.)

Tricoche. Wohl geruht, Frau Chalamel? (Zeigt auf ihren Eierkorb.) Man sieht, daß heut die Fastenzeit anfängt. Heut giebt's frische Eier —

Frau Chalamel. Für die Fastenden, die kein Fleisch essen. Seit acht Tagen halt' ich die vorräthig. (Stellt den Korb auf die Bank.)

Tricoche. Schon seit acht Tagen frische Eier? Freilich, da waren sie noch billiger zu haben. (Bei Seite.) Die versteht den Handel.

Frau Chalamel. Wohlfeil einkaufen und theuer verkaufen, denken Sie nicht auch so?

Tricoche. Ganz so — namentlich bei abgelagerten Cigarren — (bei Seite) aber abgelagerte Eier — (erneutes Trompetenblasen hinter der Scene.) Nun hören Sie blos — solche Ruhestörer!

Frau Chalamel. Es ist doch im Jahre nur einmal Fastnacht, und wenn man noch jung ist! Jugend will austoben.

Tricoche. Ich habe nie getobt — (bei Seite) die wohl desto mehr. (Laut.) Guten Morgen, Frau Nachbarin! (Ab in seinen Laden.)

Frau Chalamel (sehr freundlich). Gleichfalls! (Den Ton verändernd.) Alte Schlafmütze, Du warst niemals jung. (Sentimental.) Ach, wenn

Das heißt eine Vergnügungs-Reise!

ich an meine Jugend zurückdenke — welch' schöne Fastnächte! (Ab in ihren Laden.)

(Die Bühne bleibt nach dem Abgang der Frau Chalamel einen Augenblick leer; dann wird ein Brett in den Holzzaun hinten von innen bei Seite geschoben und der Kopf Champbourcys guckt heraus.)

Scene 2.

Champbourcy. (Dann) **Colladan** (und) **Cordenbois.**

Champbourcy (sich durch die Spalte nach allen Seiten umsehend). Niemand da. Ich riskir' es. (Er beseitigt das Brett vollends und tritt durch diese Lücke im Bauzaun auf — allein.) Da d'rin haben wir übernachtet — der Neubau war unser Asyl. Auf der Flucht aus dem Salon des Heiraths-Agenten hörten wir plötzlich schreien: „Wache heraus!" Leonida dachte, die militärischen Honneurs gälten uns. Sie wurde ohnmächtig; wir konnten nicht weiter mit ihr, und da kam mir der rettende Gedanke, uns hinter diesen Bauzaun zu flüchten. Ja, wenn ich diese glückliche Idee nicht gehabt hätte! Der Apotheker und der Pächter hatten Beide den Kopf verloren, ich allein fiel als Mann auf den Gedanken, uns hier einzuquartieren. Wir betteten meine Schwester und Tochter d'rin auf Hobelspänen und Schurzfellen, welche die Bauleute zum Glück nicht mit nach Hause genommen. Wir Männer bivouakirten auf den Schubkarren.

Cordenbois (steckt den Kopf zur Zaunlücke heraus). Pst! Pst!

Champbourcy (zusammenfahrend). Ha! — Mich so zu erschrecken!

Cordenbois. Ist die Luft hier rein?

Champbourcy. Ich denke doch.

Cordenbois (tritt auf im Ballstaate, wie im vierten Akte). Ach, Du lieber Himmel, das heißt eine Vergnügungs=Reise!

Champbourcy (bei Seite). Das hör' ich nun schon zwar zum zehnten Male.

Colladan (steckt gleichfalls den Kopf zur Zaunlücke heraus und macht ein Zeichen). Pst! Pst! Ist Niemand da?

Champbourcy. Zwei — ich und der Vergnügungs=Reisende da. (Zeigt auf Cordenbois.)

Colladan. Sonst kein Mensch?

Champbourcy. Auch kein Thier.

Colladan. Helfen Sie mir 'raus. (Indem er herausspringt, erschüttert er plötzlich die Bretterwand. Es entsteht eine Wolke von Kalkstaub und überschüttet alle Drei.) Das ist — (hustet wie von eingeschlucktem Staub) — das ist nicht zum Aushalten.

Champbourcy. Sei'n Sie Mann, wie ich!

Colladan. Schlafen auf einem Schubkarren! Ich bin wie gerädert. Dabei nichts im Magen und den Schlund voll Kalkstaub.

Cordenbois (kläglich). Ja, und das heißt eine Vergnügungs-Reise!

Colladan. Lieber mach' ich eine Reise um die Welt.

Champbourcy. Nur ruhig! Sobald meine Schwester ausgeschlafen hat, machen wir uns auf die Rückfahrt.

Colladan. Und die Fahrbillets? Wovon die bezahlen? Sind unsere Taschen nicht leer, wie unser Magen?

Champbourcy. Rein ausgeplündert wir Beide, es ist wahr. Aber (auf Cordenbois zeigend) hier der Dritte ist noch bei Kasse.

Cordenbois. Ich?

Champbourcy. Nun ja, Sie waren doch nicht mit in polizeilicher Untersuchung?

Colladan. Sie haben noch Geld! Ihnen rauchen noch alle Küchen!

Cordenbois. Erlauben Sie, ich hatte 114 Francs mit für meine persönlichen Ausgaben.

Champbourcy. Das ist mehr als wir brauchen.

Colladan (reicht die Hand hin). Geld her!

Cordenbois. Ja, wenn ich noch etwas hätte!

Champbourcy und Colladan. Was?

Cordenbois. Der Schurke, der Heiraths-Agent hat mir fünf Louisd'or abgeschwindelt, um mir Ihre Schwester zu zeigen. Ein Anblick, den ich seit 20 Jahren umsonst habe.

Colladan. Fünf Louis ab — bleiben immer noch 14 Francs.

Cordenbois. Dafür kaufte ich mir ja den Leibgurt.

Colladan. Den Schmachtriemen, um schlanker auszusehen! Sträfliche Eitelkeit.

Champbourcy. So versetzen Sie Ihre Uhr.

Cordenbois. Ist schon versetzt als Pfand für den Ballstaat, den ich mir zu der gestrigen Soirée geliehen. Zehn Francs bin ich noch darauf schuldig; ich rechnete auf die Sparbüchse, um meine eigenen Kleider wieder einzulösen.

Champbourcy. Verrechnet!

Colladan. Wir auch. (Zu Cordenbois.) Sie haben nichts und Schulden dazu.

Cordenbois. Das heißt eine Vergnügungs=Reise! (Plötzlich aufschreiend.) Ha!

Champbourcy und Colladan (zusammenfahrend). Ha!

Cordenbois. Mir fällt ein, ich habe noch Geld da in der Westentasche.

Champbourcy und Colladan (freudig). Geld? Wieviel?

Cordenbois. Zwanzig Sous. (Nimmt das Geld aus der Tasche.)

Colladan (enttäuscht). Mehr nicht? Und das nennt er Geld! (Den Ton verändernd und die Hand aufhaltend.) Geben Sie her.

Champbourcy (nimmt, Colladan zuvorkommend, das Geld dem Cordenbois aus der Hand). Hoho! Das ist Gemeingut für uns.

Colladan. Fünf Personen sind wir — kommt auf Jeden vier Sous. Ich bitte um meinen Antheil. (Hält Champbourcy die Hand hin.) Ich gehe frühstücken.

Champbourcy. Für vier Sous?

Colladan. Die andern sechszehn borgen Sie mir wohl?

Champbourcy. Wo denken Sie hin? Nein, diesen Noth=pfennig verwenden wir zum gemeinen Besten. Aber wie? (Er steht nachdenkend, den Finger an der Nase.)

Cordenbois. Das heißt eine Vergnügungs=Reise!

Champbourcy (auffahrend). Apotheker, wären Sie Mathe=matiker wie Archimedes, ich wiederholte Ihnen die Worte, mit denen Archimedes den in seine Studirstube einbrechenden Kriegsknecht ermahnte: „Mensch, störe mir meine Zirkel nicht". (Steht wieder nachsinnend.)

Cordenbois (leise zu Colladan). Der schnappt uns noch über.

Colladan (leise). Wär' es ein Wunder? Leere Taschen, hohler Magen! Ja, es ist zum Verrücktwerden.

Champbourcy (plötzlich aufschreiend). Heureka! Ich hab's! Eine Idee.

Colladan. Für zwanzig Sous.

Champbourcy. 500 Francs werth! Freunde, ich kaufe einen Briefbogen —

Colladan. Etwa um das Frühstück einzuwickeln? (Bei Seite.) Fixe Idee!

Cordenbois (bei Seite). Der schnappt richtig über.

Champbourcy (aufwallend). Unterbrechen Sie mich nicht. Ich denke für Sie Alle!

Cordenbois (leise zu Colladan). Machen Sie ihn nicht rasend.

Champbourcy. Also, ich kaufe einen Briefbogen, ich schreibe nach Hause, schreibe an Freund Baucantin, den Steuer-Einnehmer, bitte ihn, uns 500 Francs zu schicken.

Cordenbois. Fünfhundert Francs!

Colladan. Wir sind gerettet!

Cordenbois (bedenklich). Aber wenn Sie den Brief nun nicht frei machen — wird er ihn unfrankirt annehmen? Das ist die Frage.

Colladan. Und eine zweite Frage ist die: wohin soll Freund Baucantin den Geldbrief adressiren? Obdachlos, wie wir sind — Flüchtlinge — und leider nicht einmal politische! Sonst könnten wir anklopfen bei Gesinnungs-Genossen.

Cordenbois. Ja, und in Erwartung des Geldbriefes wovon bis dahin leben?

Colladan. Das ist die dritte Frage — die wahre Lebensfrage. Zwar haben wir jetzt Fastenzeit, allein, ich habe nie gefastet.

Champbourcy. Freunde! Mitbürger! Auch dafür schaff' ich Rath. Früher, wenn ich nach Paris kam, bin ich stets im Gasthofe „Zum Kaiser Napoleon" eingekehrt. Ich (mit einem Seitenblick auf Colladan) knickerte nicht mit dem Trinkgeld gegen die männliche und weibliche Bedienung —

Colladan (anzüglich). Ja, ich verstehe.

Champbourcy (sehr ernst). Sie verstehen mich miß, wenn Sie meinen goldreinen Worten einen Sinn von Tombak oder Messing unterschieben. Dies unedle Metall paßt besser für gewisse Knöpfe in unserer Sparbüchse.

Colladan (aufwallend). Herr Kommandant! Wenn ich nicht bedächte — (bei Seite) daß er am Ueberschnappen —

Cordenbois (ängstlich). Freunde! Keinen Zank auf dieser Vergnügungs-Reise. Das fehlte noch! Kommandant, ein bloßes Mißverständniß. (Winkt Colladan beschwichtigend.)

Champbourcy (mit Würde). Das hoff' ich. — Ich fahre fort. Bis zum Eintreffen des Geldbriefes logiren wir im Gasthofe „Zum Kaiser Napoleon". Dort steh' ich gewiß noch in gutem Kredit. Dorthin soll Freund Baucantin die Adresse — den Compaß unseres Geldschiffes richten, und sobald es bei uns landet durch die Klippen und Stürme dieser Fastnacht —

Cordenbois (freudig). Schreien wir „Land! Land!" wie das Schiffsvolk des Columbus bei der Entdeckung der neuen Welt. (Zu Coladan.) Sie schreien mit.

Coladan. Aus vollem Halse, sobald mein Magen nicht mehr Zeter schreit.

Champbourcy (reicht Coladan die Hand — weinerlich). Landsmann! Ich verzeih' Ihnen, wie einst der schmerzlich verkannte Columbus seinen meuterischen Matrosen. Jetzt segel' ich in den nächsten Papierladen, von da ins nächste Kaffeehaus. Dort kommandir' ich: „Kellner, Dinte, Feder und ein Glas Wasser!"

Coladan. Das kostet nichts. Sehr ökonomisch. (Bei Seite.) Hat doch noch lichte Augenblicke.

Champbourcy. Mittlerweile wecken Sie Leonida (wehmüthig) nicht unsanft. Denken Sie an unsere harte Lage —

Coladan. Auf dem Schubkarren. Sie lag weicher auf den Hobelspänen.

Champbourcy. Wird aber doch murren beim Aufstehen. Ihr ist nichts recht. Sagen Sie ihr, unser Leben seit gestern sei nur ein Traum — ein flüchtiger Fastnachts-Traum. (Ab in den Hintergrund links.)

Scene 3.

Coladan. Cordenbois. (Dann) **Blanche** (und) **Leonida.** (Später) **Tricoche.**

Cordenbois. Sie wecken? Ich werd' mich hüten.

Coladan. Ich auch. Je länger sie schläft, desto länger haben wir Ruhe.

Blanche (kommt mit Leonida aus der Zaunlücke, sie führend). Nimm Dich nur in Acht, liebe Tante, mit Deiner Schleppe.

Cordenbois (leise zu Coladan). Da ist sie schon.

Coladan (ebenso). Noch im Ballstaat, wie Sie.

Leonida (der Blanche heraushilft — noch im Ballkleid des vierten Aktes). Wo sind wir? Wie seh' ich aus? (Mustert ihren Anzug.) Dies dünne Kleid? Und ganz zerknittert? Wie komm' ich zu dieser Gaze? (Sie gähnt.) Ja, träum' ich denn?

Coladan (bei Seite). Der helf' ich aus dem Traume. (Laut.) Besinnen Sie sich nur —

Leonida. Worauf?

Collaban. Auf den Heiraths-Agenten.

Leonida (zusammenfahrend). Ach! (Fällt Blanche um den Hals.) Blanche, ich bin sehr unglücklich! (Sie weint.)

Tricoche (ist aus seinem Laden getreten und putzt sein Schaufenster von außen, dabei nach Cordenbois und Leonida schielend — für sich). Masken — noch in ihrem Fastnachts-Kostüm. Die haben gut getollt!

Blanche (die Hand ausstreckend). Es tröpfelt.

Cordenbois. Und keinen Regenschirm! Das heißt eine Vergnügungs-Reise!

Tricoche (streckt die Hand aus und nickt mit dem Kopfe — für sich). Denen gönnt' ich einen Wolkenbruch. (Ab in den Laden.)

Collaban (sieht nach dem Himmel). Als Oekonom bin ich vertraut mit dem Wetter. Nur ein Frühregen, der dauert keine drei Tage. Treten wir so lange unter — drin. (Zeigt auf den Neubau.)

Cordenbois (ängstlich). Nein, wenn die Maurer und Zimmerleute kämen —

Leonida (ebenso). Und mich sähen in diesem Anzug. Fürchterlich!

Collaban. J, die gehen so früh nicht an die Arbeit. Vielleicht auch machen sie Strike.

Leonida. Mich fröstelt! (Gähnt.)

Cordenbois. Mich auch. — Meine Damen, ich führe Sie in die nächste Modewaaren-Handlung. Da giebt es gewöhnlich geheizte Zimmer zum Anprobiren. Probiren Sie alle fertigen Hüte, Mäntel, Schlafröcke —

Collaban. Aber kaufen Sie nicht die Probe — ja nicht.

Blanche (schnell). Warum denn nicht? Das war doch eigentlich der Zweck. (Sich plötzlich besinnend.) Ach, ja so!

Leonida. Denken Sie, daß ein Modist so früh schon auf?

Cordenbois. Daran dacht' ich nicht. Ja, nur ein Apotheker muß sich früh und spät herausklingeln lassen.

Collaban. Einerlei. Sie läuten Sturm im nächsten Modeladen, sagen, Sie müßten fort mit dem nächsten Eisenbahnzug und wollten erst noch Einkäufe machen.

Cordenbois. Ja, so geht's. Kommen Sie, meine Damen. Dort sitzen wir warm, und nachher, wenn wir nichts gekauft haben, eilen wir hierher zurück. (Reicht Leonida den einen, Blanche den andern Arm — leise zu ihnen.) Wirklich der erste gute Gedanke, den der hat. (Ab mit den Beiden rechts in die Coulisse zwischen dem Laden der Obsthändlerin und dem Bauzaun.)

Scene 4.

Colladan. (Später) **Champbourcy** (und ein) **Kellner.** (Zuletzt) **Tricoche.**

Colladan (allein). Wie der Modist sich freuen wird, so früh schon Handgeld zu lösen! Unterdessen verzehr' ich in Ruhe den Rest von der Soirée. Wenn die Andern wüßten, daß ich noch einen Butterkuchen vorräthig — (zieht den Kuchen aus der Tasche und ißt davon.)

Champbourcy (kommt aus dem Hintergrunde links, in heftigem Wortwechsel mit einem ihm auf dem Fuße folgenden Kellner). In meiner Vaterstadt kostet das fünf Sous — nicht mehr.

Kellner. In der Hauptstadt acht Sous.

Champbourcy. Ueberhaupt, hab' ich etwa Ihr Zuckerwasser bestellt? Nein, ich bat blos um Dinte, Feder und ein Glas Wasser. Sie brachten mir süßes Wasser.

Kellner. Das Sie stillschweigend getrunken.

Champbourcy. Weil ich keinen Zucker geschmeckt.

Kellner. Ausrede! Das kennt man.

Champbourcy. Herr, Sie sollen mich kennen lernen. (Leise zu Colladan.) Nennen Sie mich Kommandant (Laut.) Wissen Sie, wer ich bin? (Giebt Colladan Winke, daß dieser reden soll.)

Kellner Und wenn Sie der Großtürke wären, Sie müssen bezahlen — acht Sous.

Colladan (leise zu Champbourcy). So geben Sie ihm doch die Kleinigkeit.

Champbourcy (leise). Vergessen Sie meine Ausgaben für Briefpapier und Freicouvert? (Laut.) Wollen Sie sechs Sous?

Colladan (bei Seite). Unser ganzes Vermögen.

Kellner. Was muthen Sie mir zu? Jedes anständige Lokal hat feste Preise, und jeder anständige Gast bezahlt, was er verzehrt.

Champbourcy. Sein Sie nicht unartig. Sie sollen sie haben, Ihre paar Sous. Folgen Sie mir in mein Hotel.

Colladan (bei Seite). Wie der reich ist an rettenden Ideen!

Kellner. In welches Hotel? Ist wohl sehr weit?

Champbourcy. In's Hotel „Zum Kaiser Napoleon".

Kellner (spöttisch). Ach, über'm Wasser — in London oder auf St. Helena.

Champbourcy. Wollen Sie mich foppen?

Kellner. Oder Sie mich? Das Hotel hat längst ausgespannt, die ganze Wirthschaft ist bankerott.

Champbourcy (zu Colladan). Und mein Brief an den Steuer-Einnehmer schon auf der Post.

Colladan. Die fünfhundert Francs gehen retour.

Kellner. Solcher Schwindler!

Champbourcy (aufbrausend). Schwindler, sagst Du? Bube, dies Wort sollst Du mir bezahlen. (Geht drohend auf den Kellner los. Colladan springt schnell zwischen Beide und drängt Champbourcy zurück, wobei dieser in's Schwanken geräth, gegen das Schaufenster Tricoche's taumelt und eine Scheibe einstößt.)

Kellner (schadenfroh). Kling — ling — ling.

Champbourcy (erschrocken). Ha! Mein Ellbogen! (Reibt sich den rechten Ellbogen.)

Colladan (steht starr). Ha! Das Schaufenster!

Tricoche (kommt geschwind aus seinem Laden). Eine Scheibe entzwei.

Kellner (auf Champbourcy zeigend). Der da. Ich bin Zeuge. (Er tritt zu Tricoche.)

Tricoche. Die Scheibe kostet fünfzehn Francs. (Tritt mit dem Kellner, der leise mit ihm spricht, auf die Seite.)

Champbourcy. So! Nun hab' ich zwei Gläubiger. Und mein Ellbogen — (reibend) ich muß bluten. (Zu Colladan.) Sie sind schuld. Warum —?

Colladan. Ich wollte keinen Straßen-Krawall — aus polizeilichen Gründen.

Scene 5.

Die Vorigen. Sylvain. (Später) **Frau Chalamel.**

Sylvain (kommt hinten von links — die Kleidung etwas unordentlich. Er ist ein wenig berauscht und singt im Auftreten, mit den Händen wirbelnd). Rataplan — Rataplan — plan — plan!

Colladan. Sylvain! Junge, Du kommst wie gerufen. (Zu Champbourcy.) Nun sind wir aus aller Noth.

Champbourcy (zu dem Kellner und Tricoche). Sie kriegen Ihr Geld den Augenblick.

Sylvain (in heiterster Stimmung). Papa! Einen Kuß. (Will ihn umarmen.)

Colladan (Sylvain abwehrend). Erst Dein Portemonnaie. (Greift in die linke Seitentasche von Sylvain's Rock und zieht eine Maskennase heraus.) Eine falsche Nase?

Champbourcy (der gleichzeitig in Sylvain's Westentasche gegriffen, zieht ein kleines Portemonnaie aus derselben). Da ist das Portemonnaie! (Freudig.) Heureka! (Oeffnet es — enttäuscht.) Zwei Sous!

Colladan. Ist das Alles? (Spricht leise mit Sylvain.)

Champbourcy (zählt dem Kellner Geld in die Hand). Zwei und sechs macht acht. So, nun haben Sie Ihre lumpichten acht Sous!

Kellner. Kein Trinkgeld für den Gang hierher?

Champbourcy. Wohl dafür, daß Sie so artig gewesen? Sie Schlingel! Ein Kopfstück — (will ausholen.) O weh! Mein Ellbogen. (Reibt sich den Ellenbogen.) Ich muß bluten!

Kellner (spöttisch). Sie thun mir leid. (Ab.)

Tricoche (nähert sich). Nun? Und ich? (Hält die Hand hin.)

Champbourcy. Gedulden Sie sich. (Er stellt sich, als suche er in den Taschen.) Ach! (Reibt sich den Ellbogen.)

Colladan (der bisher leise mit Sylvain gesprochen — plötzlich auffahrend). Junge — bei Dir spukt es im Giebel! Mensch! Du hast einen Spitz!

Sylvain. Im Gegentheil, Papa, ich habe Durst. (Zu Tricoche.) Kellner, einen Schoppen! (Als Tricoche sich nicht rührt.) Hören Sie nicht?

Tricoche. Ihr Glück, daß Sie nicht mein Junge. (Zu Colladan.) Den wollt' ich nüchtern machen!

Colladan (heftig). Dazu brauch' ich Sie nicht. Was mengen Sie sich in meine Familien-Angelegenheiten? Glauben Sie, ich bin nicht selber Vater genug? (Steigernd.) Sylvain! — Junge, ungeratheuer Junge — Schoppenstecher — daß Dich das Wetter! (Er droht Sylvain mit der Faust.)

Sylvain. Nicht hauen, Papa! (Weicht vor Colladan, Aug' im Auge mit ihm, zurück, taumelt und fällt rückwärts in den Eierkorb, der auf der Bank steht; die Eier zerbrechen.)

Tricoche. Knick! Knacks!

Die Andern (erschrocken). Ach!

Frau Chalamel (aus ihrem Laden herausrennend). Meine Eier! — Ganz frische Eier!

Colladan. Ich schicke Ihnen andere — ganz ebenso frische.

Frau Chalamel. Wissen Sie, was sie mir selber kosten? Fünfundzwanzig Francs!

Tricoche (bei Seite). Die versteht's, ich forderte zu wenig.

Champbourcy. Wieder zwei Gläubiger! Kaum, daß die eine Schuld getilgt. (Zu Colladan.) Sie sind schuld!

Colladan. Warum bespitzt sich der Junge? Wart', Dich nehm' ich mit nach Hause.

Sylvain. O nein, Papa, ich bleibe hier, ich werde Kellner. (Zu Frau Chalamel.) Sie bezahl' ich von den Trinkgeldern. Nicht wahr, mein Mütterchen?

Frau Chalamel. Sein Mütterchen? Müßte danken vor so 'nem Söhnchen. (Tritt zu Tricoche und führt leise ein eifriges Gespräch mit ihm.)

Colladan. Sylvain! Wenn ich nicht bedächte, daß einem Betrunkenen ein Fuder Heu ausweicht —

Sylvain (tichernd). Hi, hi, hi! Aber kein Nest voll Eier. (Etwas taumelnd.) Weiß nicht, Papa, mir ist diesen Morgen so schwindelig — gewiß, weil ich noch nüchtern. (Setzt sich auf die Bank unter dem Fenster der Obsthändlerin und schläft ein.)

Colladan. Ich koche vor Zorn. Ja, hätte ich nicht Angst vor einem Straßen-Krawall — (Geschrei hinter der Scene rechts.)

Scene 6.

Die Vorigen. Cordenbois. Leonida (und) **Blanche** (nach einander eiligst von rechts kommend).

Champbourcy (zu Cordenbois). Was ist Ihnen?

Colladan (ängstlich). Verfolgt Sie die Polizei?

Cordenbois. Das nicht, aber ein Haufen Straßenjungen, die schreien: „Seht doch den Zieraffen! Haut ihn!"

Colladan (herzhaft). Die bring' ich auf den Trab! (Rennt drohend in die Coulisse rechts — ab.)

Leonida. Ach, und dieser ungalante Modist! Mir in's Gesicht zu sagen: „Madame, zu Ihrem Carnevals-Costüm finden Sie nichts Passendes auf meinem Lager."

Blanche. Ja, der Modist schien recht ärgerlich darüber (zu Cordenbois) daß Sie ihn so früh herausgeklingelt.

Cordenbois. Dem wünscht' ich blos, daß er Apotheker geworden. Sein Laden war eiskalt, ein Sibirien!

Frau Chalamel (bisher mit Tricoche im leisen Gespräch, tritt zu Champbourcy). Nun? Wird's bald?

Blanche. Was will denn die Frau da?

Frau Chalamel (schnippisch). Kein Almosen, mein Püppchen. Fünfundzwanzig Francs für meine Eier.

Tricoche. Ich zwanzig Francs für mein Fenster.

Champbourcy. Zwanzig? Was? Vorhin forderten Sie nur fünfzehn.

Tricoche. Das war im ersten Schreck. Da hab' ich die eingeschlagene Scheibe zu niedrig angeschlagen.

Champbourcy. Warten Sie. (Thut, als wolle er in die Tasche greifen.) O weh, mein Ellbogen! (Denselben reibend.) Ach, wenn Sie wüßten, wie schwer es mir wird, Geld aus der Tasche zu nehmen! Mann, eigentlich müßten Sie zahlen — Schmerzensgeld.

Tricoche (macht eine stumme Geberde des Erstaunens nach Frau Chalamel hin und geht dann zu ihr, wieder eifrig mit ihr flüsternd).

Leonida. Warum bist Du so unvorsichtig?

Champbourcy. Murre nicht. (Sie ansehend — wie durchblitzt.) Ha! Wir sind gerettet! (Zeigt auf Leonida's Ohrringe.)

Cordenbois. Schon wieder 'mal?

Champbourcy (zu Cordenbois). Die Brillant-Ohrringe, die Sie ihr als Mitgevatter geschenkt, sie hat sie noch. (Leise.) Die Polizei nahm sie nicht bei den Ohren. Diese Edelsteine, wir verklopfen sie beim nächsten Juwelier.

Leonida (einfallend). Was?

Champbourcy. Weiß, diese kostbaren Ohrringe — ein theures Andenken (auf Cordenbois deutend) von Deinem splendiden Mitgevatter — sind Dir an's Herz gewachsen. Doch bringe mir dies schwesterliche Opfer. Denke, was Iphigenia auf Tauris gethan für ihren Bruder Orest.

Leonida (mit einem Seitenblick auf Cordenbois). Was Du Dir denkst!

Champbourcy. Opfere Dich! Es soll Dein Schade nicht sein, ich kaufe Dir ein Paar neue, sobald wir wieder nach Tauris (sich schnell verbessernd) nach Hause kommen. Halte still! (Greift nach ihren Ohrläppchen.)

Leonida (wehrt ihren Bruder ab). Nicht doch. Es wäre unnütz — der Juwelier würd' es ja gleich merken —

Champbourcy. Merken? Was?

Leonida (auf Cordenbois deutend). Frage ihn, meinen splendiden Mitgevatter.

Cordenbois (äußerst verlegen). Kommandant — ich muß Ihnen

gestehen, was Fräulein Leonida leider schon geahnt — die Edelsteine da in den Bammeln sind nicht vom reinsten Wasser — nicht ächt.

Champbourcy und Blanche (erstaunt). Nicht ächt?

Leonida (für sich). Der Falsche!

Cordenbois. Ohne meine Schuld Ich hatte damals gerade schwere Geldverluste. Sie wissen ja, meine Apotheke machte ein Engros=Geschäft mit offizinellen Blutegeln — eine Epidemie, eine Blutegel=Pest brachte mich um Tausende —

Champbourcy (einfallend). Dieser Würmer? Und darum — Fälscher? (Geht heftig auf und nieder.)

Cordenbois (beleidigt). Kommandant! Vergessen Sie nicht, ich war Student!

Champbourcy. Einer Dame falsche Diamanten zu ver= ehren! Thut das ein ächter Student? Auf welcher Universität ist das Comment? Höchstens in Ihrem Blutegel=Teich!

Cordenbois (auffahrend). Herr Kommandant! (Sucht heftig in seinen Rocktaschen.)

Champbourcy. Suchen Sie nach Geld?

Cordenbois (fährt mit der Hand aus einer Rocktasche hinten in die andere). Ich werde Ihnen den Handschuh hinwerfen — den Fehde=Handschuh zum Zeichen der Herausforderung.

Blanche (in Angst). Ach, Papa!

Leonida (zu Cordenbois). Sie Raufbold!

Frau Chalamel (bisher im leisen Gespräch mit Tricoche, tritt eilig zu Champbourcy). Erst meine Forderung, meine fünfundzwanzig Francs!

Tricoche (ebenso). Und meine zwanzig!

Champbourcy (thut wieder so, als wolle er in die Tasche greifen). O weh! Mein Ellbogen.

Cordenbois (immer noch in den Taschen suchend). Meine Handschuh' — verloren! Einerlei! Wir schlagen uns.

Blanche (wie vorhin). Papa!

Leonida (zu Cordenbois). Bramarbas!

Frau Chalamel und Tricoche (zugleich). Hauen Sie sich nachher! Erst unser Geld!

Champbourcy (zu Cordenbois). Hoho! Alter Student, ich stelle Sie vor's Ehrengericht. Ob Sie Angesichts dieser Bammeln (dabei auf Leonida's Ohrringe deutend) noch satisfactionsfähig?

Frau Chalamel (zu Tricoche). Ich hol' die Polizei, Sie lassen sie nicht fort.

Champbourcy. Frau! So warten Sie doch —

Frau Chalamel (ihn unterbrechend — höhnisch). Auf Ihren Ellbogen? Die Polizei wird Ihnen ein Pflaster auflegen. Herr Béchut versteht's —

Champbourcy
Leonida   } (zugleich — ganz erschrocken). Béchut!
Blanche

Frau Chalamel. Ach! (Zu Tricoche.) Das sind alte Bekannte der Polizei. Immer besser! (Drohend.) Wart'. (Geht nach rechts.)

Champbourcy. Aber so hören Sie doch, gute Frau. (Will ihr nach, die Andern ebenso.)

Tricoche (hält Champbourcy beim Arme zurück). Halt!

Champbourcy. O weh! (Reibt den Ellbogen.)

Scene 7.

Die Vorigen. Colladan. (Gleich darauf) **Felix Renaudier.**

Colladan (rasch von rechts auftretend — freudig). Juchhe! Ich bringe Geld!

Frau Chalamel. Geld? (Kommt schnell zurück.)

Alle Andern. Geld?

Colladan (hält ein Portemonnaie hoch). Das fette Portemonnaie unseres Retters. (Deutet auf den jetzt von rechts auftretenden Felix.)

Champbourcy
Blanche   } (zugleich). Herr Felix!
Leonida
Cordenbois

Felix (grüßend). So find' ich Sie endlich —

Colladan (einfallend). Dank meinem Straßenkampf mit den Gassenjungen! Die hätten mich besiegt, wenn (auf Felix zeigend) er ihnen nicht plötzlich in den Rücken gekommen.

Felix (zu Blanche). Ich erkannte ihn an der Stimme, eilte ihm zur Hülfe —

Colladan (rasch einfallend). Die Jungen gaben Fersengeld, und meine erste Frage an den Sieger war: „Haben Sie Geld? Wieviel in Ihrem Portemonnaie?" — Und was war seine Antwort? (Felix kopirend.) „Tausend Francs!"

Alle Andern (zugleich — freudig). Tausend Francs!

Colladan (rasch fortfahrend). Dabei zog er sein Portemonnaie — sein volles. Ich das sehen, (mit der Geberde des raschen Wegnehmens) es mir von ihm ausbitten und spornstreichs hierher, war das Werk eines Moments.

Champbourcy (gerührt). Eines großen Moments! (Drückt erst Colladan, dann Felix die Hand.)

Colladan (schwenkt das Portemonnaie in der Luft). Land! Land! Kommandant, Capitain, Columbus! Was sagen Sie nun zu Ihrem meuterischen Matrosen? He?

Champbourcy (auf Colladan zugehend). Ich sage — (nimmt ihm das Portemonnaie aus der Hand und giebt es Felix — zu diesem) junger Freund — (bedeutsam) ich betrachte Sie als meinen Sohn — (Felix und Blanche machen eine freudige Geberde. Champbourcy, den Ton verändernd) — und als meinen Zahlmeister. Zahlen Sie auf meine, des Kommandanten, Ordre fünf und zwanzig Francs an das Weib da.

Felix. Sehr gern! (Nimmt Geld aus dem Portemonnaie und giebt es Frau Chalamel.)

Champbourcy. Ferner an diesen Glaser (sich rasch verbessernd) Krämer fünfzehn Francs.

Tricoche (rasch). Bitte, der Glaser bekommt zwanzig.

Champbourcy (stolz). Glauben Sie, es kommt mir auf lumpichte fünf Francs an? (Zu Felix.) Zahlen Sie zwanzig.

Felix. Soviel Sie befehlen. (Giebt Tricoche Geld.)

Tricoche (mit Frau Chalamel abgehend — leise zu ihr). Der scheint wirklich Kommandant —

Frau Chalamel (ebenso). Zur See — Schiffs-Kapitän. (Ab in ihren Laden, Tricoche ab in den seinen.)

Scene 8.

Cordenbois. Felix. Champbourcy. Colladan. Leonida. Blanche. Sylvain (auf der Bank schlafend).

Champbourcy (zu Felix). Junger Freund, Sie schickte unser Genius. (Rascher, lebhafter Dialog bis zum Aktschluß.)

Blanche (rasch.) Ja, nachdem Sie den Zug versäumt und —

Champbourcy (sie unterbrechend). Schmolle nicht! Mit uns gegangen, wär' er mitgefangen, ausgeplündert!

Felix. Wie denn das?

Colladan (schnell). Davon später! Erst frühstücken! Wir sind nämlich noch nüchtern, und es geht gewiß schon auf neun. (Will seine Uhr ziehen — sich plötzlich besinnend.) Ja, so! (Zu Felix.) Wieviel Uhr ist es auf Ihrer?

Felix. Meine Uhr ist gestohlen.

Die Andern. Gestohlen?

Felix. Gestern gleich nach meiner Ankunft. Der Taschendieb, heute früh kam er mir in den Wurf. Ich hielt ihn fest, die Polizei nahm ihn in Haft, aber meine Uhr konnt' er mir nicht wiedergeben. Er schwur, bei dem Geschrei: „Halt't den Dieb!" habe er — der schlaue Dieb — meine Uhr einem fremden Tölpel, der just die Bilder eines Schaufensters angeglotzt, in den Regenschirm fallen lassen.

Champbourcy (schnell). In den meinigen. Der fremde Tölpel war ich! — Dank dem Himmel, nun stehen wir gerechtfertigt! Einen Advokaten, (auf Felix zeigend) einen Vertheidiger der Unschuld haben wir bei uns. Wir gehen mit reiner Stirn zu dem Polizei-Sekretair —

Colladan (einfallend). Zum Präsidenten! Ich reklamire meine Hacke!

Champbourcy. Ich das Uebrige — unsere Sparbüchse — unsere Ehre, die man uns abschneiden wollte. (Zu Felix.) Dafür nehmen Sie, Mann des Rechts, die Polizei in die Scheere — Revanche!

Colladan. Aber erst frühstücken.

Leonida. Und erst andere Toilette machen.

Champbourcy (zu Leonida). Hast Recht. So siehst Du allerdings verdächtig aus. Also zunächst frühstücken.

Cordenbois (der bis jetzt mürrisch dagestanden — auffahrend). Ich nicht.

Alle Andern. Nicht?

Cordenbois (zu Felix). Herr Notar, bin ich Ihnen gut für zwanzig Francs?

Felix. Für hundert und mehr.

Cordenbois. So bitt' ich Sie um ein Darlehn von hundert Francs, um zunächst meine Uhr und Kleider einzulösen und dann meinem Vergnügen nachzugehen, ohne ihn, meinen Gegner. (Deutet auf Champbourcy.)

Leonida. Herr Cordenbois, wenn ich so nachtragend sein wollte — (faßt an ihre Ohrringe.)

Colladan. Schon wieder Fehde? Kommandant, sein Sie der Klügere —

Champbourcy. War ich das nicht stets?

Colladan. Geben Sie ihm Genugthuung, stimmen Sie für Trüffeln.

Cordenbois (lebhaft). Trüffeln?

Champbourcy. So viel Sie wollen, und wenn das ganze Spargeld drauf geht. Sind Sie nun befriedigt?

Cordenbois. Nach den Trüffeln.

Colladan. Und nun vorwärts ins Restaurant — zum Einhauen! (Wendet sich zum Abgehen.)

Frau Chalamel (schreit aus ihrer Ladenthür nach Colladan hin). Sie — Matrose! Ihr Junge, soll das Kind hier ausgesetzt bleiben?

Colladan (zurückkommend). Mein Junge! Ich dacht', er wär' in Grignon — auf der Schule. (Tritt rasch zu dem schlafenden Sylvain.) Wie er schnarcht. (Ihn schüttelnd). Sylvain! — Schlafratze!

Sylvain (aufwachend). He? Das verbitt' ich mir. (Erschrocken.) Ach, bist Du es, Papa? Weißt Du schon, ich werde Kellner im „Rothen Ochsen". (Steht von der Bank auf.)

Colladan. Kellner bei meinen Kühen. Die treibst Du daheim zur Tränke. (Zu Frau Chalamel — barsch.) Pächter bin ich, kein Matrose. Uebrigens kümmern Sie sich um Ihre Kinder.

Frau Chalamel (schlägt heftig ihre Ladenthür zu — ab).

Champbourcy. Herr Notar, reichen Sie meiner Tochter den Arm — Ihrer Braut. (Felix giebt Blanche den Arm.)

Alle Andern. Braut!

Champbourcy (feierlich). Meinen Segen geb' ich Euch — (den Ton verändernd) zu Hause. Herr Apotheker, wollen Sie meiner Schwester den Arm bieten? (Cordenbois thut es galant.) Mir verbietet das leider mein Ellbogen. (Denselben reibend.) Ich fürchte, ich blute (zu Cordenbois) ohne Ihre Egel.

Colladan (zu Sylvain, ihn am Ohrläppchen zupfend). Nimm' Dir ein gutes Beispiel d'ran. (Er deutet auf Cordenbois und Leonida.) Siehst Du, das — (sich schnell verbessernd und auf Felix und Blanche deutend) nein, das wird eine Ehe, im Himmel geschlossen, nicht im Heiraths=Bureau.

Cordenbois (leise zu Leonida). Will der auf uns sticheln? (Er läßt Leonida los und sucht in seinen Rocktaschen. Plötzlich sich besinnend — zu Colladan.) Ihr Glück, daß ich meine Handschuh' verloren.

Colladan (zu Leonida). Zu Ihrer Hochzeit (Leonida hält verschämt die Hand vor die Augen) schenk' ich ihm ein Paar waschlederne. (Wendet sich mit Sylvain zum Abgehen.)

Das heißt eine Vergnügungs-Reise!

Cordenbois (bietet Leonida galant den Arm). Mein Fräulein, darf ich bitten?

Leonida (schnell). Um meine Hand? (Verschämt.) Reden Sie mit meinem Bruder.

Cordenbois (ganz überrascht, kann kein Wort hervorbringen, und sieht Champbourcy stumm an).

Champbourcy (zu Cordenbois). Ich lese in Ihren Zügen. Euch Beiden geb' ich meinen Segen auf der Stelle.

Colladan (im Abgehen sich umdrehend und Sylvain, den er wieder beim Ohrläppchen nimmt, zugleich mit umdrehend). So kommen Sie doch!

Sylvain (weinerlich). Papa, ich schreie!

Colladan. Vivat schreist Du beim Frühstück. Vivat das Brautpaar! (Zeigt auf Felix und Blanche.)

Champbourcy. Das auch. (Zeigt auf Cordenbois und Leonida.)

Colladan (überrascht). Auch? Durch's Heiraths-Bureau und auf Kosten unserer Sparbüchse. (Bei Seite.) Schade um meine Knöpfe. (Laut.) Gratulire! Aber nun Marsch! Sonst wird das Frühstück kalt. (Alle wenden sich zum Abgehen — als erstes Paar Colladan und Sylvain, den sein Vater am Ohrläppchen abführt; als zweites Paar Felix und Blanche; als drittes Cordenbois und Leonida. Zuletzt Champbourcy, sich den Ellbogen reibend.)

Champbourcy (auf Leonida und Cordenbois deutend — für sich). Wenigstens doch eine Freude auf dieser Vergnügungs-Reise!

(Der Vorhang fällt rasch.)